愛らしい未来

高原英理

河出書房新社

目次

装幀　ミルキィ・イソベ
本文レイアウト　安倍晴美（ステュディオ・パラボリカ）

愛らしい未来

愛らしい未来

薄いオレンジ色の風が果実の香りとともに頬に徴《しるし》をつけたので、わたしは左手の指先で拭《ぬぐ》うようにさすった。

指を鼻先に近づけるとほんの数秒の間に香りは熟成していて、今は潰《つぶ》した甘い苺に感じられる。ふと近寄ってくる三つの、色の違う淡い精霊たちが栗鼠《りす》のように両手を組んで上下に動かして、とても愛らしいので、ほらと左手を差し出すと、精霊たちはそれぞれ指先に顔をあて、香りに触れて、あーはーおー、と三重奏で歌いながら蒸発した。

懐かしいメロディー、と思ったが、いつ聴いたものかわからないし、きっと初めての歌声だろう。

駅へ続くアーケードに入って商店街を歩いていると、左右の店々から色とりどりの豊かさに撫《な》でられている気がする。

細かくて愛らしいものを眼が逃さない。

その商店街にはマスコットがあって、ふかふかした白いうさぎの着ぐるみを着た女の子で、でも顔が完全に人間ではなくて鼻と口許《くちもと》が少しうさぎである。目が漫画的に大きくて顔が丸い。手と足に肉球があってピンク色をしている。白い毛のフードをかぶって顔だけ出している作りで、頭の上にうさぎの耳が立ち上がっている。耳つきのフードということになるのだが、ではそのフードを脱ぐと女の子の頭が出るのかどうか、なんとなく曖昧《あいまい》だ。顔を囲む白い毛の部分はフードでなくその子の一部、耳もその子の耳ではないかと思える。着ぐるみらしくはあるが、やっぱりうさぎの子らしい。名をリリカというのだが、由来は知らない。

ところどころ「ＳＡＬＥ」のポスターが貼ってあってその中央に大きくリリカの写真が出ている。アーケード内にある店のあちこちにリリカの小さい縫いぐるみが置いてある。無防備に置いておくと盗《と》られるのですべてショーウィンドーの中か、レジのすぐ横にある。

これがどこか手の届く所に置いてあったら絶対わたしだって盗る。愛らしい。愛らしいものはいつも誘拐される。

地域ゆるキャラの中には、失敗していて、なんだかなという形のものを見かけることも多いが、リリカは大成功だと思う。どうも名のあるデザイナーに頼んだらしくて、相当デザイン料がかかったそうだが、この地域の店々はそうした出費も可能ということだ。

それで店のひとつひとつがきらきら新しくて、いつもディズニーランドのように人工的な輝きを見せている。

リリカのいるところはわたしにはすぐわかる。なんとなく桃色で暖かい空気が感じられるからだ。あ、後ろがふっくりしているなと思って振り返ると、ガラス板の向こうにリリカがいる。

座っていたり糸で吊ってあったりする。小さい家具のある部屋にいたりする。

こちらそちらに桃色を察知しながらゆくと駅前に出た。あまり長くアーケード街をさまよっていたので気づけば空は夕刻を迎える頃になっていた。

大きな声がしていて、駅に続く歩道の中ほどに、初老くらいの男性がいきり立つ表情で何かを怒鳴っていた。理由は知れないが誰か特定の人に向けてというわけでもなさそうだった。

「わかってるのか、馬鹿くそ」

とか、

「やるつもりか、殺すぞ」

とか、何かやっぱりわからないが、怒りに満ちた声だった。顔が赤くて、酔っているようでもあった。そして、その人のいるあたりからずんぐりした嫌な臭《にお》いの、鈍い鉛の色が広がりつつある。わたしにはそう見えた。

「ええ？　言ってみろよ、ああ？　くそっ、この屑《くず》。役立たず。生まれ損《そこ》ない」

と罵《ののし》りながらあちこちに言いかける。周囲の人たちは顔を背《そむ》けてかかわらないよう、見なかったふりで通り過ぎた。

男はそれを知ると、

「ええ？　おい、何か言ってみろよ、屑」と言いがかりをつけようとするが、皆、さっさと行き過ぎてゆく。

鉛色が移動した。駅と反対の方へ少しずつ位置を変えていた。先にある狭い路地の方へ行く様子だった。

気づかれないよう十分距離を保って、わたしは鉛色の後を追った。

予想した通り、鉛色の人は依然大声で罵りながら、駅前アーケードの脇にある狭い通りに入った。

先々で物陰に隠れてはついて行った。ゆっくり追うと夕暮れも深まってきた。そのうち街燈も少ない住宅地の隙間《すきま》のような通路に来たが、先に聞こえる声で位置がわかる。路地での声は低くなって独り言になったが、まだ罵りは続いていた。

周囲には光の点《とも》っていない窓とブロック塀だけがある、人の通りのない薄暗いところに来たので、靴音を立てないようにそっと近寄った。暮れても鉛の色はそこだけ重力が増していて、影の密度が高まっているように思えた。やはり嫌な臭いがした。

鞄からアイスピックを取り出して両手で強く握り、さらに近寄って、男の視線が後ろに向く前に、鉛色の人の首の後ろ中央を狙って一気に突き刺した。

声が止まった。

男はびくびく動きながら立っている。一度アイスピックを抜いて、同じ首の後ろを、今度は下から斜めに突きあげて刺した。そしてぐるぐると力任せに回した。

ここで男は前へ倒れて、痙攣《けいれん》し始めた。あぐ、あぐ、というような声に変わっている。倒れるとともに抜けたアイスピックを、今度は、上を向いた右の顳顬《こめかみ》に何度も突き立てていると声と動きが止まった。

そしてこのとき、顳顬の傷口から一気に、淡い桃色や青色の、彩雲《さいうん》のような色が狭い道一杯に広がった。悪臭はかぐわしいチョコレートの香りに変わった。あたりに花びらが舞うように見え、妖精たちの歌声が聞こえ、耳としっぽのあるふかふかした小さい丸い可愛らしい、オレンジ色やピンク色の生き物たちがアラベスク模様の軌跡を描いて飛び回るのがわかった。それとともに幼い子が玩具《おもちゃ》を貰《もら》って嬉しそうな表情や、好きな女の子から何か言われて恥ずかしそうにしている少年の様子や、電車の中で疲れた顔をしているおばあさんに席を譲る青年や、娘に微笑《ほほえ》む中年の男性の表情や、そんな見ていて心和むたくさんの映像が自分の記憶のように思い出された。

三年前、高校一年のとき、ものが二重になって見えることがよくあった。なんだろうと思ってもよくわからないので放っておくと、ときどき、いきなりゴムの焼けるようなくらくらする臭いを感じることが加わった。さらにしばらくすると、なぜか急に倒れることが増え、母から言われて行った病院で検査を受けると、脳腫瘍という診断だった。

すぐ手術をして、「実際には脳腫瘍ともいえない、見たこともない症例でしたが、さいわい該当箇所はすべて切除しました」と言われて、三か月くらいリハビリを続けていると感覚もほぼ完全に回復した。今も再発はしていない。

一年休学した。開頭手術のとき剃った髪がそこそこ伸びて普段の生活に戻ったとき、けれども、はっきりそれまでとは違う感覚があった。

世界中が可愛らしいのだ。というか可愛らしいものに特別敏感になっていた。

まず色に反応する度合いが増えた。桃色と空色にはほんの一点だけでもすぐ眼がいく。明るい黄色、オレンジ色、薄緑色、にも注目する。あまり濃い色は心に響かないことが多いが、くきっと鮮明な赤や青にいきなり出会うとちょっと慄《おのの》くような感じになる。そして金色銀色。こういった色の組み合わせがうまくいっているとしばらく眼が離せない。

黒はそのままでは可愛いと思わないが、地の色として赤や黄色を浮き立たせる組み合わせだと映《は》える。

組み合わせの可不可というのは微妙で、赤と青の組み合わせでもどちらかがどれだけ濃いか薄いかによって全然よしあしが違うし、その割合によっても違う。薄い色の中にかつっと一点濃い色があるとすごく気持ちがよいことが多い。

だがそれらが美しいとか素敵とかよりも、わたしには愛らしい組み合わせというのが特に大切で、そうすると色だけでなく形も重要になってくる。水玉模様とかストライプとか、色をうまく引き立たせているデザインが衣服でも小物でも、以前よりは何倍も気になるようになった。

手っ取り早く可愛い感じにしたければ花模様が一番だと思っていたが、花模様にはかえって好みが厳しくなった。わたしが愛するのは中庸の大きさの花が描かれているもので大きすぎても細かすぎてもわたしの望む可愛さにはなりにくい。色も難しいが、白い花はだいたい合格が多い。

　だがそれより動物だ。以前は猫が可愛い、くらいで、犬もうさぎもハムスターも、それほど注目はしていなかったが、術後はほぼすべての動物のよさが身に沁《し》みるように思われる。ただいるだけでもよいのだが、動けば動くほど愛らしい。スマートフォンで動画を見ていけばきりはないが、特にカピバラとラッコ、それからペンギンの動画が好みになった。いい加減に共通性を言うと、なんとなく不器用そうな感じの動物がとりわけ好きで、ペンギンのおぼつかない歩き方がよい。三羽の兄弟なのかなんなのか、草の間をくぐりながら海辺へ向かう動画があって、何度見たかわからない。段差のあるところを、順番にえいっ、えいっ、と飛び上るのが懸命そうで愛らしい。

　動物をもとにしたキャラクターも以前はただどれも可愛い、というだけだったが、今でははっきりした基準が見える。ミッフィーやキティがいいのは、無表情だからだ。どちらかと言うならいろいろコスプレするキティよりはいつも同じような服でただいるだけのミッフィーがより可愛い。動物をモデルにしているのに人間らしさが浮き上がってくるのは可愛さからいうと高度ではない。

それだけでない、着るものから食べるもの、身の回りの道具の、全部がわたしには「可愛い基準」によって測《はか》られるようになった。そして今ではそれが、色や音、それから匂いで、可愛さの度を見聞きできる。

そよ風はだいたいオレンジ色をしていてアルトの音域でゆっくりした曲を奏《かな》で、柑《かん》橘系《きつけい》の匂いと甘い匂いが混ざっている。夏の空の青にはテノールの上昇音が薄荷《はっか》の香りをともなって、秋の夜にはバロック協奏曲のようなにぎわいが紅茶の香《か》とともに届く。雨は銀と縹《はなだ》色とで微《かす》かなピアノの音とラベンダーの香りを思わせるし、雪は白く無音のはずなのにコラールのような合唱とモヒートの香りが感じられる。強い風は金と紺色の斑《まだら》で檜《ひのき》の香りとオルガンの音がする。

それらはどれもとても愛らしいメロディーを奏でている。聴き入れば子供の気持ちになれる。そんな可愛らしい世界の中にわたしはいる。

電車や自動車のデザインだけでも、あ、こんな愛らしい、と驚くことが重なった。ただ最近の、眼の吊ったような形のライトのある自動車は好きでない。どちらかというと古いタイプに可愛いのが多い。

可愛いかどうか、で測ると発音もそうだ。硬そうで厳しそうなガ行の音も言葉には必要だができるだけ使いたくない。ハ行は軽くて緩《ゆる》い。パ行になるととりわけ可愛い度が高まる。

たんぽぽ。それだけで可愛い名前だが、さらに「ぽんたた」にするとどうか。「ぽ」は減るが、こちらの方がより可愛い気がする。

梅の花は桜より可愛いと思うが、花が散ってから実が丸くころころ生《な》っているのがまた可愛らしい。

道端の雑草に小さい指先くらいの花がたくさんあると眼が離せない。とても小さい声で花ごとに何か話しかけてくるように思える。

物陰にそっと座っている黒猫は、自分が目立たないのであまり警戒心がないらしい。近寄らないと平気でこちらを見ている。でも逃げる時にはするりと尻尾が動く。

春先の公園や神社にはあちこちもぞもぞ動く。蛙だ。それがひょいひょいとあまり距離はないけれど飛び上ると、いいなあ、と思う。

夏には蟬《せみ》だ。まだ羽化する前の土から出たばかりの幼虫が、神社の大きい樹にのぼろうとしてゆっくりゆっくり歩いているのに出会うと、猫や鳥に取られないよう見守る。夜歩いていて、樹の枝にくっついたのが羽化する場に出会うともう一年分の幸せを貰ったような気がして何時間でも見ていたい。黒い目がつぶらだ。脱ぎたての蝉は薄緑で羽も柔らかい。それが少しずつ固く黒くなっていくのを応援しながら見ている。

健康保険に関する本人確認で役所へ行ったとき、厚生課の窓口にずっと何か訴えている随分年配の男性がいた。低い声なのにとげとげしていて、その周りには黒くて重そうな翳《かげ》りが漂っていて、生臭い、魚が腐ったような臭いも感じられた。それは当人だけでなく、対応する窓口の人も、いえ、どちらかというと受付側の人の方がうず黒く、重苦しく、そしてより臭かった。

どの言葉も突き刺さるようで耳に不快だったが、気になって聞いているとどうも生活保護の申請《しんせい》で、いろいろと求めているのだが係りの人はどれも理由をつけて退《しりぞ》けている様子だった。

申請している男性はもう命がけらしくて、どんなに断られても引き下がらず、それは全く可愛い様子ではなかったが、不正で受給しようという魂胆なのではないように私には見えた。

そのうち、どこまでも断られるので男性は、

「ではあんたは俺に死ねと言うのか」と言った。

係りの人は、うんざりしたように、

「そこからは自己責任というやつですかね。そもそもあなたには受け取る資格がないんですので」

と言った。その言葉が硬い石炭のように受付のテーブルに乗り上げた気がした。

「そうか。わかりました」

となにかすっきりした表情で、申請者は、背にしたリュックを下ろして中をさぐりながら、打って変わって落ち着いた静かな声で、

「この齢《とし》だし、長生きしようとはもう思わないね。だが食うにも困るのは嫌だ。どうすればいいと思います？」

相手は、

「だから適当に働き口を見つければいいんですよ」と、少しほっとしたように薄笑いしながら答えた。

「何度も就職口を求めたが一度も採用されなかった」

「それはあなたのせいです。わたしたちは関係ありません」

「でも、絶対食うには困らない方法を見つけましたよ」

「それはよかった」

「ええ。よかった」

と言うと、老人は鞄から細長い棒のようなものを取り出し、前にいる受付係りの人の眼に向けて一気に突き出した。

うわっという声がするとともに老人は突き出した棒を抜き、すかさず相手のもう一方の眼に突き刺した。先に細く鋭い金属がついているのがわかり、それは錐《きり》だった。

両眼を手で押さえる係員が叫び出すのを前に、老人はもう重みも苦痛もない軽い声で言った。

「懲役《ちょうえき》になれば食うには困らない。殺してはいないから傷害罪で、死刑にはならない。

もし出て来たらまたやる。民事訴訟を起こしても俺には金がないから取れない」続けて、「警察だ、警察を呼べ」と自分から大声で、その声は青い輝きを見せていた。周囲の黒い翳りは消えていた。

テーブルにくずれかかる係員からも黒い感じは消えていて、その押さえた手の指の間から、一気に、鮮やかな色の綺麗な虹のようなものが吹き出してきた。

その中を花びらが舞った。さらに花びらの上には小さいふかふかした小動物が踊った。

あまりに綺麗で可愛らしいのでずっと見入っていた。

警備員が来て、同じフロアにいた人たちに外へ出るよう指示した。わたしはもっと見ていたかったが場を後にした。

救急車とパトカーが来た。

役所の窓が赤く夕焼けのようになっているのがわかった。

回復以後、事件的な場に出くわすことが増えた。

朝、込み合う駅のプラットホームでよく見かける大男がいた。二十歳を少し越えたくらいの筋肉質の男だった。大男は身を揺らして周りにわざとぶつかりながら歩いていた。近くにくると黴《かび》の臭いがするのでわたしはすぐ避けた。

男は、特に小柄な女性がいると後ろからどん、とぶつかって、女性がよろけたり転んだりするのを見ては嬉しそうに笑った。笑いは可愛らしくなくてやっぱり黒ずんだ色をしていた。

ぶつかられた人は相手が強そうなので文句も言えない。たまに抗議する人がいると大男は「そっちが邪魔だからだ」と襲い掛かりそうな顔で怒鳴った。これですべての人は黙ってしまった。

ある朝、大男はまたターゲットを決めたらしくて、プラットホームの端に立っている細い女子高生に向かって、人を押しのけながら進んでいくのが見えた。

そこで勢いをつけて後ろからぶつかろうとしたのだが、その瞬間に女子高生がふっと身をよけたので、男はそのまま、ホームの端から線路へ落ちた。ここはホームドアのない駅だった。

そこへ列車が来た。

止まり切れず、列車は男を轢《ひ》いた。

このとき線路から巨大な花束が無数の花の精霊たちを乗せてホームの天井まで咲き出した。

色とりどりの花はプラットホームいっぱいに咲き乱れて、あたりにキャラメルの香りが充満した。花がわたしのいるところまできたので触れると「ふぃ、ふぃ」と愛らしい声をあげて消えていった。精霊たちが皆微笑んでいる。本当に嬉しそうで、わたしも心からよかったと思った。

陶然《とうぜん》としてわたしは学校にもいかず、すべての花と精霊が消え去るまでそこにいた。学校には事故のせいで遅刻しましたと伝えた。

若い女性が交通事故に遭う現場の近くにいたこともある。事故のあった反対側の道路脇から見ていた。このときも花は少し咲いたが、それほど大きくも可愛くもなかった。どちらかというと被害者の方が可愛らしかった。

あの女性は死んだだろうか。わからない。

事故が起こらないかと思って機会あるごとに道路や線路を眺めることが増えた。自動車にはときどきはっとする素敵なのがいる。先日、車道の端で見たそれ、やや扁平な円筒形のガスタンクを乗せた大きなトラックで、轟音《ごうおん》で走っていたのでそこは全然可愛くなかったのだが、タンクがすっきりした空色と白とで塗り分けられていて、その直線的で幾何学的な色分けの仕方も綺麗で、やや遠くから眺めるととても可愛いものに見えた。車の周りの空気が軽快なダンスを見せていた。

ものすごく不幸そうな女性を見かけた。理由は知れないがその色で分かった。緑がかった濃い茶色と薄茶色と黒色の斑が泥を思わせるように周囲に広がっていた。遠くからでも汚泥の臭いがした。それだけでない、擦りガラスを釘でひっかくようなぎいぎいいう音がいくつも重なって耳に刺さってきた。近寄るのも苦痛だった。そしてきっとそれは本人の苦痛なのだなと思った。

見るのも聞くのも厭《いや》なので年齢もよくわからない。衣服も周囲の泥の斑のせいでよくわからない。これほど可愛げの皆無な人は初めてと思った。

最初わたしは歩道橋の上から見下ろしていて、この人なら大きな花が開きそうだなと思ったが、ちょっと近寄るのもつらい感じなので見ているだけにした。

そうしていると、左手の歩道から近づいてくるその女性が顔をあげてこちらを見た。目が合った。

その途端、あぎあがー、という、錆びた大きな機械が軋《きし》みながら動き始めるような声を上げた。

わたしはすぐ歩道橋を右手側の歩道に進んで降りた。

道路を隔てて左手側からずっと異様な声が続いていた。

やはり近づけそうになかった。速足でその場を離れた。

街でも学校でも、可愛らしい衣装や仕草の人を見かけると、ふんわり淡い輝きと緩やかな風を感じる。たいていバニラの香りがする。男女問わず、特に愛らしい笑顔、優雅なそぶりで動く人の手先や顔からは曲線的に広がる模様のようなものが見える。動くたびにゆらゆらした線が後を追う。そこから小さい芽を出したり小さい花を咲かせたりもする。微かなヴァイオリンやチェロの協和音が感じられる。

わたしは人の話をほとんど聞かなくなった。音は聞こえる。意味もわかる。だが、可愛らしさがないと反応しないし意識にも届かない。

あるとき話の途中「マ・メール・ロワ」という言葉が聞こえたので、柊《ひいらぎ》と小花と小さい苺のついた枯葉色のリースを思いながら「ああ、いいなあ」と言った。だが何の話だったか憶《おぼ》えていない。

言葉は聞けるし、よく注意すれば意味もある程度はわかるが、何か問われても答えられない。可愛い発音があるかないかしか気にしていない。それで何を言われても「えー、うーん」くらいの答えしかしない。相手の顔も可愛い表情しか見えてこない。「どうしたの？」とクラスメイトに言われても、自分がおかしいとは思わない。気になるものとならないものとがあるだけだからだ。

あまり話しかけられなくなった。わたしが病気で少しおかしくなったと思われたようで、それでそっとしておいてもらえるなら助かった。

人なら女性の方が可愛らしいことは多いと思うが、本当は性別ではない。心持ちが言動に現れているとき、それが可愛いかどうかなのだ。

中年のやや太った髪の薄いめの男性が、その人は上役だったのだろうか、喫茶店で若い部下らしい女性たちと話していて、何かとてもセンスの悪い駄洒落を口にした(らしい。可愛くないのでその言葉は憶えていない)。そのとき女性たちは、あーあ、またこの人は、というような顔で、一人が「なんですかそれ」と言った。

すると男性は「あ、ごめん」と小さい声で言い、下を向いた。

このとき男性からは白くてとても小さい鳥たちがわわわっと飛び立った。黒い目が丸く、小さいくちばしが赤かった。そんな小鳥を生む、可憐な仕草だった。周囲にはお茶を煎《い》るときの芳《こう》ばしい香りがした。

若い女性でも重苦しい色合いでよくない臭いを漂わせている人はたくさんいる。男性だとちょっとだけ寄る辺ない表情をする人によい色よい香りの人が多い。

街中で、ああなんて可愛い服着ているんだろう、と感じる人には、リスとか白いネズミとか、超小型の子猫子犬とか、指先くらいのミニ動物たちがたかっている。体中から花を咲かせている人もいる。

わたしの両親は可愛いわけでも可愛くないわけでもない、そういう意味からは抜け出たような、そして可愛いものがあると必ずその背景になるような、そんな感じで、街でも学校でも、そういう人は多い。背景人がいないと可愛いものは目立たないので、いつも感謝している。

小鳥だと赤や青の綺麗なのが目立つが、雀のように茶色の可愛らしさもある。思い出す、雀の頭の丸さがいとおしい。ちゅちゅちゅちゅという声が慕《した》わしい。小さくて色とりどりなのは鳥だけではない。ウミウシがそれだ。本当に信じられないような鮮やかで可愛らしい模様の二、三センチくらいのふにゃふにゃした生き物が、海にはいるのだ。

色は赤白青緑黄色黒、それらがレース模様になっていたりドットになっていたり、水玉、ストライプ、リング、思いつく限りのデザインがある。パンやケーキみたいなのがいる。もこもこのがいる。白くて耳のような触角がうさぎそっくりのもいる。小さい青いドラゴンみたいのもいる。

今年夏、叔母のいる田舎の、綺麗だと評判のよい湾のある海岸へ行った。静居《しずい》海岸というそこは名前通り静かで、遠浅だが、あるところから先は一気に深くなり潮流も激しいので、岸からあまり離れないように、とセーフガードの人から言われた。

わたしはあまり泳げないが、シュノーケルをつけて顔を水面下に向けてゆっくり眺めながら泳いでいると、岩の端々に、いた。

ピンク色の縁取りをした白いウミウシがこっそりと岩のくぼみにとまっている。すこし先には青と黄色の斑のがいた。こちらにもあちらにも、ちょいちょい、隠れるようにして慎ましく這っているのが愛らしくてならない。

夏の海岸には小さい魚も、ヒトデもウニも、変わった形の生き物はいくらでもいて、中でもウミウシは特別の海の宝のようだ。それからわたしには「カシパン」がよかった。名前通り菓子パンのような平たく丸い、真ん中に模様のある浜辺の生き物だ。背が届くくらいのところへ来たので水底に足をつけたら顔が出た。

すると、遠くの方の水面から綺麗な虹のようなものが吹き上がっているのが見えた。

誰かが溺れたらしいと知った。


その日、わたしは見つけてしまった、夜の賑やかな、可憐な飾りと灯りの間をゆく、おそらくこれまで見た中で最も黒い人を、それは無言のまま、周囲を翳らせながら歩いていた。懐中電灯の光が壁を明るませるように、その人のまわりは暗くなるのだった。近づくと硫黄《いおう》の臭いがした。

わたしは後をつけた。

街中に見るあれこれの愛らしさに気をとられながら、十分に距離を保ってついて行った。

相当離れてもその人の重い黒さはすぐわかったので見失うことはなかった。

三時間くらいは覚悟している。機会を待ちながら追った。

その人は電車に乗った。わたしも後の車両に乗った。意識していると二つ前の車両にひときわ息苦しい感じがあって、いるとわかる。

六つ目の駅でそれが動いた。わたしもそこで降りた。黒い人の後を追った。どうしてかわからない。

駅から四、五分も歩いて入った暗い路地の奥、それは先回りして待っていた。右手に民家が、そのブロック塀の門があって、いきなりそこの陰から出て来た。そして、鞄の中のアイスピックを摑む前のわたしの手を取って、何か言った。

よくわからなかった。言葉に色はなかった。

顔も真っ黒で表情が読めない。依然、きつい硫黄の臭いがした。

「何？」と尋ねてみたが、そしてまた何か言うのだが、やっぱりわからない。

力が強くて振り払えそうにない。ここで終わりかな、自分の死んだ後に花は咲くかな、綺麗かな、それほどでもないかな、とそんなことを考えていると、相手はわたしの手を摑んだまま、路地を逆に辿《たど》った。わたしに抵抗するのをやめて、ついていった。

広い車道の傍《かたわ》らの歩道に出た。

街燈の下に来ても相手の顔はうかがえない。背はわたしよりずっと高く、細身の男性とわかる。ぶかぶかの青黒いコートを着ている。髪はやや長めのようだ。声は低い。だがやはり言葉が伝わらない。

指が差し出された。黒い人は右手の人差し指でわたしを指さしている。どういう意味なのか、見れば指の先だけは黒くない。銀色に近い、少し輝くような、でも鈍い、今、切断したばかりの鉛管の切り口のような、表面を錆が覆っていない生々しい、そんな重い銀の、でもそんな感じというだけで本当の金属の色なのではないのだけど。銀灰色の指先は動かない。わたしはこの相手からは攻撃されることがないと感じて、自分から左の人差し指を彼の指先に当ててみた。

そうするとそれまで感じられていた強い硫黄の臭いが別の香りに変わった。

檜の匂いとコーヒーの香りが混じったような、すきっとした、不快感のない香りになった。それはつまり、うとましい気持ちがなくなったという意味だと思った。気持ちというのが相手の、なのか、わたしの、なのかはわからない。それはどちらとも言えないものと思う。

相手が黒いのは変わらなかった。でも、香りのせいなのか、指先のせいなのか、その黒色は裏に銀の貼り付いた紙の箱のような、そんな感じがしてきた。全然表には見えないけど奥に綺麗な銀色を隠しているようなそんな。

可愛いわけではない。可愛いとは違うけど、でもわたしがこれまで知った、厭な色合いと臭いと音声にはあたらない、別の何かだと思った。

黒い人は触れた指を離して手を下げるとそのまま背を向けた。離れてゆく。行ってしまう。待って、と言いかけたがどう伝えていいかわからない。

黒い人は少し歩いたところで顔をこちらに向けた。顔だと思う、眼鼻も表情もよくわからない、見えないが、顔をこちらに向けた。そして右手を上げて大きく宙に円を描くように動かした。

やはりなんのことかわからないが、挨拶みたいな表現だと思った。わたしは左手の指先で同じように円を描いて見せた。

その日はそこで別れた。わたしはまた街中に戻って、綺麗可愛い愛らしいものたちを存分に楽しんだ。

その三日後だったと思う、街中でまた黒い人と会った。同じ人だと思う。顔は知れないが、わたしを見かけると右手で円を描くのでその人とわかった。わたしも左手の指先を一回りさせて丸い図を空に書いた。すると相手はすぐ去った。そんなことが次の月にかけて二度くらいあって、ときおり見かける、可愛いとか可愛くないとかとはちょっと違う特定の人という感じになった。

夏が過ぎて、二学期になって、涼しい日のことだった。授業中、窓の外からとても不思議な、シンセサイザーのものすごく多重の和声みたいな、わーんという音楽が聴こえた。繰り返し顫《ふる》えて動くメロディとそれに伴って重なる音の多さに、聴いているとくらくらする音の束《たば》だった。窓の方からだったので顔を向けると窓外が金色になってきていた。

わたしは授業中であることを忘れて席を立って、窓際に寄って行って外を見た。先生がなんか言ったが、気にならず、窓の外に突然描き出された懐かしい、金とオレンジの混じった、たそがれの色合いに呆然とするだけでいた。色は窓から見下ろす校庭の一か所から広がっていた。光の合間に白雲のようなふわふわが揺らいでいた。白いところに眼を凝らすと、小さい小さい百合《ゆり》のような花が無数に揺れているのがわかった。

それぞれの百合が微かな言葉を発していた。壮大に重なる和声の中でも言葉がわかった。「あわい」「ふわい」「はうい」「しもろとからせ」「ほののく」「たばす」「おおいの」「くろむり」「ほとり」「ほとり」とそんなふうに聞えた。それらすべて、懸命に呼びかけるような声音《こわね》で、そして愛らしかった。花の揺らぎに合わせて刻々《こくこく》と声が変化していた。多重音が伴奏になっていた。

うっすらと、微かに届く香りは百合ではなく梨《なし》の実のそれだった。

さらに先生が何か言ったが、わたし以外の生徒も皆、窓の側にやってきたのでしばらく混乱して授業は中断した。

そのすぐあと、わたしたちは全員、帰宅を命じられた。

次の日、全校集会とかで体育館に集められると、校長先生が長い話をした。よくわからないしほぼどうでもよい話だったが、生徒が昨日、授業中に教室を出て六階の窓から投身自殺したということだけ了解できた。それ以外には具体的な言葉より、事故だと思ってほしそうな気分だけが強烈に伝わってきた。

死んだのは二つ先の教室のクラスの女子生徒だった。先生がこれは本人の心の問題なのだと、そんなことを何度も言った。

死体は昨日のうちにどこかに運ばれて、校庭には人型が描かれていたが、それもすぐ青いシートで覆われた。

シートの隙間から残り香のように薄明るい光がさしているのがわかった。それが夕ぐれの金色ではなく、夜明け前のような、水の中にいるような、静かな青色だった。その色は彼女の死に際の色よりもわたしの心に残った。


図書館も可愛いハントの場になる。あてずっぽうに詩歌の本を棚から取っては開いて見ているとときどきとても愛らしい言葉が見つかる。

与謝野晶子という歌人の名は中学の時に知った。この人の歌はなんかやわ肌がどうとかいうのが有名だけど、今日見つけた詩歌のアンソロジーにこんな可愛い歌があった。

春ゆふべそぼふる雨の大原や花に狐の睡《ぬ》る寂光院《じやっこういん》

薄桜色の雨の中、花の下で眠っているきつねの映像が見えてきてふんわりした。
与謝野晶子の友人というか、ライバルというか、同じ時期ともに活動していた女性に山川登美子という歌人がいて、早死にした人だそうだが、この人の歌がまた可憐だ。

をみなにて又も来む世ぞ生まれまし花もなつかし月もなつかし

ああいいなあ可愛いなあ、と来世にも浮かぶような、そんな心を得て図書館を出て、帰り路、いつもの歩道橋を渡っていると、いきなり、強いどぶのような臭いとともに後ろから途方もない大きさの叫びが聞こえて来て、あ、これはあれか、と思うとすぐ後ろに泥の塊の人がいて、摑みかかろうとしてくるのがわかったので走って逃げた。

歩道橋の階段を飛ぶように下りて、道路脇を走り、右手にある細い道に入った。おりおり通るところで、狭い路地だった。右側にはずっと続く高いコンクリートの塀、左脇にはこれも長く続くフェンスがあってその向こうには雑草のわんわんに生えた空き地とその奥にプレハブの物置らしいのがある。普段あまり注目しない「背景区域」だった。

そこを抜ければ逃げ切れると思ったが、いつもは全然人通りがないのに、前方を遮《さえぎ》る人影が見えた。この細道は一人で幅一杯なので、ごめん、どいて、と言おうとしたら、あの黒い人だとわかった。

後ろからは泥の人が追って来る。前にいる人に切迫した状況を分かってもらおうと、通して、ここ通して、と言うのだがどうも言葉が、あ、もう駄目だ、動かない、ぶつかる、と、とっさに判断して、左側のフェンスを乗り越え草地に飛び降りた。泥の人が来ても同じフェンスを越えないと来られないから少し時間をかせげる。こっちへ来たらまたフェンスを越えて路地の、黒い人の向こうに出ればよい。

と思って振り返ったら、黒い人が泥女の首のところを両手で押さえて捕まえていた。

首を両側から絞めて、持ち上げているのだった。とても力が強い。

泥女は宙吊りになってもがいていた。息ができないでいるらしい。

そのまま何分経ったことだろう、女はもがくのをやめて、だらりと下がっていた。

それを黒い人はフェンスのこちら側に放り投げて来た。

丈の高い草の間に泥の人が横たわった。周囲にはびちゃっと汚い泥が広がっている。黒い人の手にも泥がついていた。草の上で泥女は息を吹き返して動き始めた。

このとき、黒い人は表情のわからない顔を少し揺らした。合図だとわかった。わたしは、鞄からアイスピックを取り出すと進み、足元に蠢《うごめ》いている泥女の左の耳孔をねらって横から突いた。右からも突いた。一回では足りず、交互に何度も何度も突いた。黒い液体がアイスピックについた。血だと思う。

そうしていると、とうとう動きが止まり、ようやく完全に死んだとわかった。

その途端、純白の絹のような布が女の身体から真っ直ぐ、青い天に向かって伸び上がった。大変な勢いで、いつまでもいつまでも布は伸び続け、成層圏まで届くかと思われた。

石鹸の匂いとともにオルゴールの音のような単音のメロディーが何種類も重なって響いた。

さらに、女子たちの楽しげなお茶会や連れ立っての旅行、父母の微笑み、学校での成績の発表とその順位の高さに喜ぶ顔、優雅な男性の横顔、小綺麗な家と花壇、といったような映像が見えた。

ばらばらに聴こえていたメロディーが一つに集まっていって華やかなファンファーレを奏でると止んだ。

空き地の周囲は高い建物に囲まれているがどれも倉庫か何かでこちら側に窓がない。見ている人がいなかったのでそのままにしてわたしと黒い人は去った。

このときからわたしたちは共犯者になった。

相変わらず言葉は通じなかったが、だいたい意志はわかった。

いつも出会うわけではないが、なんとなく今日はいるかな、と思うとたいてい、わたしが出歩く範囲内に彼はいた。

わたしは可愛いもののハンターなので自分の家や学校の周囲だけでなく、学校の帰りにも休日にも二つも三つも、いえもっともっと先の駅で降りては街の可愛いスポットを探して歩く。

だからいつも決まったエリアにいるとは限らない。なのに随分遠くにきたなと思った時にも彼に出会うことがあった。きっと彼も、わたしとは違うが何か求めるものがあって、いつもこの鉄道線沿線を徘徊《はいかい》しているのだ。求めるものが、わたしの見るような可愛らしさでないとしても、何か一脈通じる要素があるのだと思った。

彼と出会った時は人の通らない細道を選んでそっと二人で忍びのようにターゲットを探した。互いに何も言わなくてもだいたいこの人、とすぐ決まった。彼もわたしと同じように何かの特別なサインを読み取っているのだと思った。彼にとっては可愛い可愛くないというのとは違うだろうけれども。

これと決めると二人で周囲の確認をしながら後を追い、誰もいない場所まで来ると彼が相手の首に手をかけて押さえ、わたしが首の後ろか耳にアイスピックを刺した。

こうして可愛い噴水が吹き上がる。

こんなことを三回くらいやって、わたしはとても満ち足りた。黒い彼は同じように可愛らしい爆弾の爆発としてそれを感じたのではないだろう。でも彼にとっても好ましい光景ということはわかった。

休み時間、寝たふりで机に突っ伏していると、周囲からわやわや聴こえてきて、それが黄色くて小さいひよこの群れのような感じなので、田園地方の地上三メートルくらいのところをゆらゆら漂う気持ちで聴き続けていた。するとその中に、可愛いとは違う、金属の棘《とげ》のようにぴんと突き立つような声があった。実情を知る、と自負する子が話していたのだった。この間自殺した子は誰かにいじめられていたという話だった。他の子たちは改めて驚く様子もなかったのでそのことはもう久しく皆に共有されている情報らしかった。

そのうち、首謀者の名がちょっと出て、それは事件以後、ごく最近、学内で一番か二番くらいに愛らしい様子、とわたしが気づいた子だった。驚いて、いつも不鮮明にしかとらえられない他人の声を、可愛らしさの顕《あらわ》れを求めるのではなく意味として、懸命に聞いていると、自殺した少女の親が自分の娘はその子にいじめられていたと言っても学校も警察も相手にしない、その親も母親だけの母子家庭で、他に頼る人がいない、そんなようなことが伝えられていた。周囲がそれほどは意外そうにしない様子から考えるとこれももう何度か語られている内容らしかった。

本当かどうかは知らないが、あの事件以来、誰かに特別な罰則が科せられたという話は聞かないし、捜査や聞き取りが行なわれたわけでもない。警察は検死のために死体を移送して去って、再びは来なかった。事件はただ心を病んで自殺した子がいたという話だけで済んでいた。

首謀者と名指された子はいつも周囲に花が咲いて見えるので花女《はなじょ》と呼ぶが、それまで背景人だった花女は事件以後、とりわけ多彩な色の花を周囲に開かせ、顔を少しかしげるだけでもフローラル系の芳香が漂う、歩き方も話し方も可憐、モーツァルトのディヴェルティメントを聴くよう、そんなだった。

この子がいったい本当に誰かを陰湿にいじめていたのか、わたしの知覚ではまるでわからない。死んだ子の親の訴えが無視されているのも本当なのか、だとしたらそれには何か事情があるのだろうか。あんなに堂々としているのも。でも花女の突然の開花と、何か関係はあると思った。

その日からしばらく、見つからないように遠くからスマホで花女を撮影した。次に出会った時、彼に見せようと思ったからだ。彼にはどう見えるのだろう、どう反応するだろうと思ってのことだ。

こういうときのため、わたしのスマホは精密なズームカメラが使える機種にしてある。それは今の感覚を得てから買い替えたもので、可愛い物体ならすぐ接写できるが、可愛い動物なら近づくと逃げられるときがあるし、人は近くで撮ろうとすると嫌がることがあると考えてだ。特に可愛い人に気づかれないよう撮影するためだ。

写真に撮った可愛い動物や物はそのまま可愛いが、人間だとわたしが肉眼と聴覚臭覚で感じ取る可愛らしさは写真に写らない。だがそれを見るだけでわたしにはその人の「可愛らし素」がひとりでに再現されてくる。写真は獲得情報の可愛らしさを記号化して受け取る側に特定のアプリで再現させるQRコードのようなものと考えている。

階段の上から外を撮ると見せかけて花女を、壁の影に隠れて花女を、高い所から校庭にいる花女を、だいたい横顔が多かったがなんとか鮮明な画像を得たのでいつでも呼び出せるようスマホに記憶させた。

次に彼に会ったのは学校の最寄《もよ》りから五つ先の駅で降りて少し歩いたところにある高い建物の階段の上で、そこは以前、一緒に上って周囲の街並みを確かめたことがあった。

十一階建てで、MAISON ROBERTETという浮彫のある銅のプレートが入り口の柱の端についているマンションだった。居住区域にはエレベーターを使ってしか入れないが、西側に外付けの非常階段があって十階の踊り場のところまで行ける。各階の壁にある鉄の扉は外からは開けられなくて中へ入れないが、踊り場に立って外を眺めるだけならできた。周囲の可愛いスポットが見渡せる、とてもよい場所だった。一か月前に見つけて、待ち合わせにはちょうどよいと思ったので、二週間前彼に会ったとき、連れて来て、これから気の向いたときにはできるだけここに来よう、というようなことを言ってみた。言葉ではわからないと思ったのでスマホを見せて、待ち合わせを意味する絵を示した。最近はわたしからフリー素材のイラストを使ってやりとりするようになっていた。彼はスマホを持っていないようだった。

なんとか意図することは通じたように思うが、よく来る場所として決めておくだけのことだった。何度も来ていればたまたま出会う機会も少し増えるだろうというそれだけで、わたしも相手も、はっきりと日時を指定して会おうとはしなかった。彼も数字は読めるはずだから、わたしから次に会う日時を記したスマホを見せればそれでわかったかもしれないが、そうしなかった。偶然出会う感じの方が愛らしかったからだ。そして、わたしたちは放っておいてもなんとなくいずれ出会うとわかっていたからだ。

それでまた花女容姿盗み撮り完了から一週間くらい経った頃、きっと今日なら来ているなと思って行ってみるとやはり彼がいた。

「これ」と言ってスマホの画面を見せた。

黒い彼はこの日も顔全体黒くて表情がわからないが、何かの納得を得たようなそんな様子だった。花女がどう見えたかはわからなかったが、特別なものと彼が受け止めたのは確かかと思えた。

その日は「狩る」ことをせず二人一時間くらい黙って街を眺めて、その後下りて帰った。

『三びきのやぎのがらがらどん』という有名な絵本があってわたしも子供の頃読んだ。これはちょっと怖い感じのする絵本で、絵もそれほど可愛いとは思えなかったが、よい本だったとは思う。何よりその題名が印象的で、ちっとも可愛くないのにときおり思い出す。それでこの題名に似て、けれども、可愛い題名をよく考える。

ある日、書店で、うさぎの写真集を見つけて気に入ったので、買って、『みみとしっぽのふかふかどん』と名づけてみた。でも「どん」がまだまだだったので「ぽん」にした。

『みみとしっぽのふかふかぽん』になった。

するとそこから開く言葉がある。

今は秋の終わり頃で、緩やかな陽の下だが、真冬の話が思い出されてきた。

それはとても寒い夜、ある女性が、職場の仲間とともに店で飲み過ぎてしまい、一人帰る道の途中、あまり眠くて、道端の塀の前に座り込んで寝てしまった。

繁華街からかなり離れた郊外のそこは小さい森を背にした小屋の前で、人通りはあまりないが誰かに襲われたり強盗されたりといったような例はこれまでない場所だった。女性はおりから寒いことはわかっていて、外出の際にもう目一杯着ぶくれていたので、凍えることもなかった。

そのまま一夜、眠っていて、朝、「お姉さん」と言われて目覚めると、妹が迎えに来ていた。

起き上がるとともに、襞《ひだ》の多いコートの中のあちこちにいた何匹もの猫や栗鼠、鼠、ハクビシン、鳩までが一斉に出てきたという。動物たちは大人しく争わないでいた。森の動物たちが寒さのあまり、暖かそうな場所に入って一緒に寝ていたのだ。

それを見た妹は後で「仏陀のようだった」と言った。

本当か嘘か知らないが、というか嘘に決まっているが、その場面を想像するたび、おかしくて微笑ましくて、口許が緩む。

こんなことがあるなら、本当にあるならいいのになあ、と自室で思い返していると、周囲の空気がうっすら桃色と水色のまだらになってくる。いい色だなあと思っているとシトラス系の香りが感じられる。和声が聴こえる。メロディーはないが複雑な音響が変化している。

指先にはふかふかした毛並みが触れた。

明日も何かいいことを思い出せたらと思う。


学校へ行くとまた体育館に集められて全校集会だった。校長がなにやら憔悴《しょうすい》した様子で話していたがわたしにはどうでもよい。

花女が死んだ。殺された。犯人はまだわからないということだけわかった。

その日も授業は中止でそのまま帰宅となった。犯人が徘徊している可能性があるから集団で帰れという指示があった。

クラスの子の一人が「自業自得かな」と言った。その言葉に花は咲かなかった。

帰り道の方向が同じ六人で一緒に帰ったが何も話すことはなかった。わたしに話しかけてもまともな答えが返ってこないことを皆知っていたからだ。わたしは道端の小さい花や通りかかる可愛いデザインの小型車や塀の端からふと尻尾だけのぞかせた猫や、そういうのばかり見ていた。

学校の帰りによく通る路地のところに来ると、連れの一人が奥の方を指さして「ここ」と言った。

ここなら昨日わたしも通ったし、もしそのとき花女が死んでいたなら、わたしにはわかったはずだ。きっとものすごく美しい花がいっぱい、道路にあふれるほどに見えたのではないだろうか。すると殺されたのはわたしが通り過ぎた後のことだろうか。

それとも花は咲かなかったのだろうか。

黒い彼がやったのだと、わたしにはそれが当然のような気がした。

彼はわたしを伴わず、一人で花女を殺したのだ。どうしてだろう。

わたしは一人で走り出した。他の子たちが何か言ったがどうでもよかった。

事件現場は黄色のテープで囲まれていたが死体はなかった。

そこから名残りの光はさしていなかった。

きっと花女からは花は咲かなかった、よい香りも、耳に優しい音楽も発しなかったのだと思った。

ただ他の誰とも違うのは、微かな波のような音と潮《しお》のような匂いが少しだけ感じられたことだ。可愛いのではないけれども、何か、遥《はる》かな気持ちを誘った。なんだったのだろう。

その日から、夕刻になるとMAISON ROBERTETの非常階段十階の踊り場で待った。

七日後に彼が上ってきた。

わたしを見ると、と確かには言えないが、そのとき彼はわたしを見たのだと思う。いつものように片手の指先で大きく円を描いた後、両手を差し出して何かの合図のようなことをしたが意味は知れなかった。

二人とも随分長くそのままの姿勢で動かなかった。

何分かわからなかったが相当の時間の後、彼はそのまま階段を下りて行った。わたしから何も言えないし言っても通じないからどうしようもないと思ったが、でもそれではここで待っていた意味がないので「待って」「あなたがやったの？」と言った。

彼は振り向いたようだった。だがそのまま下ってそしてどこかへ去った。

しばらくして考えたことがある。彼がわたしを見つめていた時、わたしを突き落とそうとしていたのではないかということだ。彼は迷っていた。どうしてかわからない。だが、花女を仕留めてからの彼は何かそれまでと違うものを知ったのだ。それはわたしをも殺してみないと確認できないなにかなのではなかっただろうか。

その後ずっと、彼に出会うことはなかった。マンションの踊り場に来ることもなかった。

彼との共同作業というのはわたしが共同と考えていただけで、彼にとってはあるステップのようなものだったのではないかと思うようになった。

そしてわたしはそれからも可愛いものを追い続けた。

クリスマス・イブは街中が可愛いもので溢《あふ》れる。普段、背景人をやっている人たちも特別に可愛くなって出てくるので素晴らしい。ただしそのために普段可愛いものが目立たなくなるが、でもうこの日はどちらを見ても楽しくて可愛いので注目するとかしないとかどうでもよくなる。

彼に会った。マンションの十階で会った時からこのときまで全然会うことがなかった。

彼は初めて会った時と同じようにいきなりわたしの手を摑んだ。

右手を摑まれたまま、歩道を先へ先へ進んでいくと、大きな鉄橋に来た。下を暗い河が流れている。

鉄橋の中ほどに来ると、彼はわたしの手を離した。わたしはそのまま逃げることもできたが、危険は去ったことがわかったので、少し距離をとって相手を見た。

黒い人は右手で大きく、二度三度と円を描いて見せた。わたしも応えた。

そうした後、黒い人は手をおろし、コートの中から長いロープを取り出したかと思うと、橋の手すりに巻きつけて括《くく》り、そして輪になっているもう一方の端を自分の首にかけた。ロープには予《あらかじ》め輪が作ってあった。

そのまま、河の方へ飛び降りた。

一瞬のことで、すぐにはどういうことかさえわからなかったが、しばらくすると、橋の下からもくもくと、赤と金と緑と白の色が湧きだしてきたのでようやく何が起きたかわかった。それは大きなクリスマス・ツリーに、わたしには見えた。クリスマスにはこんな光景ができあがるのだと思った。

見上げるような大きさで、河から立ち上がり、天まで伸びている。枝々には白い雪や金銀のモールとともに綺麗なオーナメントが無数に下がる、それは輝く球だったり林檎の模型だったり、天使だったり、小さいケーキの形だったり、星だったり、サンタクロースと橇《そり》を引くトナカイだったり、プレゼントを入れてリボンをかけた色とりどりの箱だったり、こんなに綺麗で素晴らしいクリスマス・ツリーを見たことはないと思った。

だがそれはまだすべてではなかった。もくもくと背を伸ばしたクリスマス・ツリーはとうとう無数の愛らしい輝きと喜びをまとった巨大で完全な樅《もみ》の木となって、そして、その天辺《てっぺん》にひときわ大きな銀の星が現れた。全世界を照らすくらいに輝いている。銀色だ。それは彼の内側にあった銀色なのだ。

またそして、この、天を統《す》べるような星が、とても意味深いメッセージのようにも思えた。

体格や声の様子や、そんなところから若い男性だったと思う、クリスマスに死んだ青年の言葉は、今も何一つわからない。

と思っていたのだが、ときが経つにつれて少しずつ、わたしに伝えたのかもしれないことがひとつだけ思われてきた。あの銀色の星だ。

本当に勝手に想像しているだけなのかもしれないが、こんな話をしたように、わたしには信じられる。

「クリスマス・プレゼントをあげる」

そう言ったのだと思う。彼のくれたプレゼントは物ではなく、予言だった。

いつの日か、地球に直径数十キロの隕石が落ちる。それによる巨大な衝撃と熱が地表を焼き、海を蒸発させ、地下深くにいる微生物以外のほぼすべての生物を死滅させる。

そのとき、世界中から美しい悲鳴があがるだろう。最も愛らしい色合い、最も愛らしい声、最も愛らしい香りが、地球を覆うだろう。
そんなことを、彼は伝えたように思う。
わたしは、それ以来、巨大隕石を待つだけの日を過ごしている。

夢の通路

性別がなぜあるか知らないけれども、自と他の区別が必要なのはわかる。自分の考えが他人のものであってはいけない。と気づくのは自分のはずなのに、わたしには誰か別の人の意志が居着いている。と気づくのは自分のはずなのにわたしには。

青かった。薄青いところにいた。外は暗くて、でも窓のカーテン越しに僅《わず》かに差し込む光が青い。古いアパートの二階の隅の一室にいて、窓際にあるベッドに寝ていた。脇に、もう一人、いた。

起き上がって、床に足をおろし、そのときもう一人はまだ寝ていて、外から漏れてくるゆるやかな、冷涼な色の中で、置かれた物のようにシーツの膨らみのように動かなかった。

音がしない。音のない時間だった。足先は冷えていた。裸足で木の床を歩いた。

不意に痛みがきた。つま先から頭頂まで一気に突き通るようだった。大きな棘《とげ》が足から入って高速で身体を貫いて頭から抜けていったような、驚きに眩《くら》んだ意識はすぐ元に戻ったけれども、痛みが通る一瞬、わたしではない獣のようなものになっていた。

なぜか知れないがときおり酷い痛みが身体を走る。すぐに去って、いつもどこかから抜けるようにしてなくなって、後には傷もなく、痛む箇所も残らないのだが、あの瞬間が怖くて、いつそれがくるかわからなくて、わたしは心縮ませて日々を過ごしている。

物理的な理由の痛みではないのだろうと、相手に話してみたら、そうだそれは心の痛み、何が理由かな、と言ったので、きっと、

「きっとお前のせい」

違う。言わない。言わないよ。わたしの中にいるお前よ、誰か知れないが、お前がわたしの中で、わたしの心の内側で僅かに身をよじるとき、わたしは激痛に何もかも忘れて捨てて吠えている。

どうしてつらいのだろう、とお前は、いいえ、あなた、何と呼ぼう。わたしの中にいる誰かが、問うのだ。どうして？

ゆっくりとキッチンに近づいて、銀色の側面が曲線を描く、わたしの顔を丸く映すケトルに水を注いで火にかけよう。今も足先は冷えている。でも痛みはない。ガスの火も青いと気づいて、手に触れれば冷たく焼けそうと思う。

白いもやがケトルの口から吹き出る頃に、青みがかった部屋は少し色合いを変えた。明け方の、水のような時間が温まってゆくとともに湯はティーバッグを入れた白い筒形のマグカップに注がれて注がれて注がれて、落ち着いた香りと落ち着いた色合いの液体は、

「お茶淹《い》れたよ」と呼びかけるが、ベッドの上の人は起きない。

かりっと歯の一部が欠けたように、そうだ思い出す、「あなたにはいてほしくない」いてほしくないのはなぜか教わっていない。

でもそれは歯が欠けたほど確実な損失で損耗《そんもう》で忘れられない隙間《すきま》を残している。

告げたのは教師だったと思うのだが、誰かほかに人のいるところではなかった。それは今ならわかる。私以外の誰かに聞かれてしまうとそれを言った人が罪を問われるからだ。誰かを「いてはいけない人」と決めることは、公の場では罪なのだ。至る所

で囁《ささや》かれる言葉なのにもかかわらず。

もう一度「起きないの？」と呼びかけても動かないのは、それがただのシーツの盛り上がりだったからだ。

友達と、わたしが勝手に思っていた子がいつか言った「そんなんだから誰も」誰も、の先が言葉になっていなかったけれども、言葉になっていない虚の部分を確かに手渡された。大きな氷の塊のように、しばらくは耐えられるけれどもじきに冷たすぎて指先が痛んで手の内に支えていることもできなくなる、投げ出してしまう、そんな苦痛をもたらす虚の言葉だった。

皆、なのか、一部、なのか知れないけれども、誰もわたしがいない方がよい理由は言ってくれなかった。

ティーカップがないのでいつも同じ、抱えて飲むような寸胴《ずんどう》のマグカップの内側、賞味期限切れの葉で淹れた紅茶の色に別の時間がある。それは晴れた空がオレンジ色になる夕ぐれの、海が金色に輝いて遠くに波をひらめかせる懐かしい、一度も見たことのない満ち足りた景色と、そんなひと時とを微《かす》かに予感させる色だった。

「あなたもどう？」と問うが、答えはなかった。

カップは一つしかないのだった。

今もまだ静かで街の音が届かない。だからそっと胸の内に響かせる、題名の知れないいつか聞いたメロディーと和声がおぼろげな形で湧いてきて、だんだんとリズムが決まるにしたがって私の内にいる誰かの歌声のようになった。声は一つでなかった。ひとりで合唱していた。

歌詞も確かでなかったけれども、こんな言葉があった。

「教えてほしかった」

何を？　それはわたしがここにいることを喜ばれる人であるための方法を、と、今わたしは補った。

母が言った。

「やめる？　やめない？」

それはピアノのレッスンについてだった。わたしが小学生の頃、母はピアノを習うことをわたしに勧めたので母の望みに合うよう毎週ピアノの教室に通《かよ》った。けれども全然うまくならなかった。それで母は言った「やめる？　やめない？」

このときわたしは、わたしがピアノを習うことが母の望みと考えていて、わたしがピアノの演奏に上達することが本当の望みとわからなかった。レッスンに通っていれば母は満足すると思っていた。

なのでいきなり「やめる？　やめない？」と言われたとき、どうして母がこんなことを問うのかがわからなかった。

その後もしばらくピアノのレッスンは続けた。けれども結局やめてしまった。母が喜ばないと知ったから。

教えてほしかった。

「教えてほしかった」本当に母が喜ぶ方法を。

ピアノだけではない。母が本当に喜ぶことって何だったのか、今もわからない。

母だけではない。他人が喜ぶことがわからなかった。

ティーバッグを捨ててマグカップを手に、ゆっくり口に傾けて、口の中の熱い液体が渋みとともに鼻孔に香りを上《のぼ》せて来るのを、時間なのだと、その一刻一刻が意識なのだと思いたい。ここに不明なものはないからだ。でも、「起きないの？」と言ってもやはり返事はなかった。

小学校も中学校もわからないことばかりで、勉強はやれば結果が出るのでだいたい得意だったが、なぜかよく、要《い》らない人と言われた。用のない人、という言い方が多かった。

友達と言える子はいなかった、と、言い切りたいけれども、友達のような子は案外多くいて、というか、話しかけてくれる子はみな友達と思っていた。会話という共同作業をわたしは大切にしていたので、何か言われると、相手は何を望んでいるのだろうと、そればかり気にして考えて答えた。その都度相手に合わせようとした答えなので全然首尾一貫してなくて、それに気づいた子たちから嘘つきと言われた。

いじめられた、と言えるのかどうかもよくわからなかったし、無視されても仕方ないと諦《あきら》めてもいたが、成績だけは良かったので、教師からはだいたい受けがよかった。けれども、何か他と違う肌合いの一人から人のいない場へ呼ばれたことがあって、そこで言われたのだった「あなたにはいてほしくない」

でもなんのことなのか今もわからない。部活動のことだったとそのときは考えて、言ったのが顧問の先生だったから。それでやめた。合唱部だった。わたしより歌の下手な子はいたし自分の声がよくなかったのかどうか音感がなかったのか全然わからない。ピアノの練習以来なんとなく音楽にかかわっていたかったのだけれども、でもいないほうがよいならそうしようと思った。

そういうことも他の生徒たちになんとなくわかったのか、だんだん避けられていった。ぎりぎり人扱いされていたのはやっぱり成績がよかったためだと思う。中学を出て高校には、知る中で一番偏差値の高い所へ入った。

紅茶は飲み終えたけれども食べるものが何もないので外へ出ることにした。

もう一人はまだ寝ている。寝ているよね。

飾り気のないジーンズと白いTシャツを着て、髪を縛って、化粧もなしで、リップクリームだけ塗って、それはわたしが唯一自分に許す自己ケアで、生成《きな》り色のトートバッグに財布は入れたな、スマホは入れたなと儀礼めいた確認をした後、バッグを手に少し汚れた白いスニーカーを履《は》いて部屋から出て、そこは二階なのでアパートに外付けの鉄の階段を降りるともう朝の光が顔にかかった。

ひんやりした空気はまだ陽に馴染んでいない。

右に左に曲がり、直進し、一番近いコンビニに入って、そしてわたしはいつも困るのだった。

何を口にしたらよいのか、決められない。必要なエネルギーさえ得られればよいのでよく「エネルギーチャージ」というゼリー飲料を買ってはちゅっと吸って終わりにしている。今日もそうしようかなでもたまには、と考えるとその後がない。何を食べたいとも思わないからだ。やっぱりエネルギーチャージかな、と、たくさんの銀色の袋が並ぶ売り場へ行って手を伸ばしたけれども、もう少し固形のものを身が欲しがっているように感じたので、それはきっと、さっきの激しい痛みを補うための身体からのサインではないかと思って、パンのあるところへ移って、そこからだ。

まるで選べない。だからいつもあの銀色に青の文字のある袋から糖液入りゼリーを吸い出すことになるのだ。でも今日はちょっとだけ気張ってみようと思った。

ところがやっぱり決め手がなくて、そうか、それなら内側にいる人に決めてもらおうと、でも呼び出す方法がわからないし、またもしそれであなたが身じろぎしていきなり痛むことになるのは嫌なので、ただもう何かに任せるつもりで最初に手に触れたものを買うことにした。

見れば「バターパン」というのが手にあった。ただそれだけを持ってレジで支払いを済ませると店を出て、さっきより陽光に親しくなった空気の中を、自分のアパートに戻ろうとしたけれども、今日はどうしてだろうか、いつもよりほんの少しわたしがわたしであるらしく、ちょっとした散歩に近くの小さい公園まで行って古くて灰茶色の木のベンチに座ってパンを食べようと思った。

路地から広い車道へ出てもう一度狭い道に入ってしばらく歩くとよく知る近くの公園だった。朝早くなので人はいなくて、目算《もくさん》通りベンチに座ることができた。陽のある方角に真向《まむか》いだった。パンのビニールパッケージを破ってビニールのところを持って、三分の一くらいを出してかじった。

バターパンはバター味、って確かなことだけど、どれほど確かでもそう言うことが自分の意識の曇りを教える。違うだろ、バターパンがバター味としか言えないのかぼんくら、とそれはあなたですね、内なるあなたがわたしの、ものの考えられなさを痛く指摘している。身体は痛くない。でもきしきしと刺さるような気がする。わたしの、用のない存在らしさがなんとなく知れてくる。ここだな、こういうところだな。

バター味を口に支えて自由は気のままに意志は空気に散っていった。

パンを持つ手と反対の、右手の指先がベンチの年経た木肌を感じていた。近くでよく見るととところどころ、節になった渦《うず》のようなところがあってその溝に僅か、緑色の苔《こけ》らしいものが詰《つ》まっていた。

木に触れていた指を顔に近づけると微かに黴《かび》のようなくすんだ匂いがした。このベンチ、横長だけど真中に手すりの形の隔《へだ》てがないな、あれ、夜誰かが横になって寝られないようにするための仕組みで、いじわるベンチとか言ってなかったかな、この背もたれ付きの二人掛けベンチは、古くて塗装が剝げてところどころ木が割れて汚れが目立つんだけど、いじわるではないのだ。

陽の上るとともに空がぼんやりとしていて今日は曇りと知った。まだ誰も来なかった。数メートル先に砂場があった。猫除けだろうか、周囲が柵で囲まれていた。でも猫はそんな柵なんかすぐ乗り越えて、砂の上でおしっこするだろう。子供たちは猫のおしっこ交じりの砂で遊ぶだろう。

口中は充実した。そのうちに腹中も充実して血液に意志素《いしそ》が含まれてくるだろう。わたしは強い意志を持って、持って、何をするのだろう。

半分くらい透明なパッケージだが、端の方に黄色の印刷部分があってなんとかいう名がカタカナで書かれていた。どこかで捨てようと思ったけれども、ゴミ箱がない。いつからだろう、公園にも駅の構内にもゴミ箱が置かれなくなった。

空《から》のビニール袋をくしゃっとつぶして手に持って、立って歩いて進んで公園を出た。声が降ってきた。さっきの合唱だった。教えてほしかった・教えてほしかった・そうだそう・教えてほしかぁった。四声のポリフォニーかな。

好きな人にはどうしよう。そんな歌詞が続いた。

どうしよう・どうしよう・どうしよう・どうーしようー。と内側に四声を響かせながら道を曲がらずに先へ先へ進んでゆくと、立て込んだ住宅街の間の少し奥まった所に、周囲の四角い建物と十センチくらい隔たりを置いた形で、ブロック塀に囲まれた暗い薄汚れた一軒家があって、ほっこりした。いっぱいいっぱいに蔦《つた》みたいな枯れた草に覆《おお》われて灰色で、窓ガラスが割れて曇って泥がついて、そこは誰も住んでいないように見えた。それでかな、ほっこりしたのは。

ここだけミニジャングルがあると思って、じゃあ中にはミニ猛獣がいるのだろうか、ミニ大蛇とか、ってそれ矛盾だよ、と中の人が言った。気がした。

もっともっと歩いたし疲れたし、たくさん見て回ったけど、このミニジャングルみたいな家のほかはだいたい忘れた。あ、他にひとつだけ、狭い空き地があったことをよく覚えている。草が青々と繁《しげ》っていた。あちこちに小さい何かが顔を出していて、中にコーヒーの缶が捨ててあったのを見て、自分もこっそり、手の中の、さっきまでバターパンの入っていたビニール袋を、捨てたのではない。端の方に、安置してきた。

そのほかの路地も建物も、陽の薄い曇り空の下で平等に曇っている。

そうやって、わたしも曇り疲れたのでアパートに帰って、またベッドに横になった。隣に、いる。

朝はまだ始まったばかりだ。あとは夢を見よう。いくらか食べて、そして歩き疲れたから、寝られる。寝られる、と今は小規模の二重奏で繰り返していると繰り返していると、気づけばまた目醒めていて、目醒めたと気づいたのだからさっきまで寝ていたのだ眠れたのだ、と起きようとするが動けなくて、あれ、まだ寝てるのかな、いいよもっと寝て寝て寝てと三重奏で、あ、でも、意志素が効いている、と思うとともに、

「アヤ」

という母の声がして、全力で意志をふり絞って、目を開き、顔を仰向け、身体を覆っていたタオルケットから出て、足を片方上げてそれを下へ勢いよく下げるとともに身を起こすと、またも朝で、でも、青い夜明けは、曇り空の薄い陽光は、どこにいったのだろう。

隣に誰かいないし、古いアパートにいないし、わたしはピアノを習ったこともない。言われて起きて歯を磨いて顔を洗って着替えると朝食がパンと卵とミルクにちょっと酸っぱさ強めのサラダで、細かいことを問う母に細かく答えている内に食べ終わって「行ってきます」と言って出た。

よく晴れていた。曇りではない。こんな天気見たことない、はずはないのだけど、

こっちの方が夢のように思えて、意識というのはこんな？　こんな？　電車で通うのだった。自動扉の開く音に聞き覚えはあったし、車内の香りはいつもどおり、登校した高校は夢の中でも通っている、通っていると記憶していた所と同じだった。

意識するって、他事《ほかごと》に心囚《こころとら》われることなんだな、他人にも、色、音、香に、はい、と答えて、それ違うよ、と話して、見て読んで答えて、授業、つきあい、会話、そんなことがこれまでずっと続いていたって信じられない。

そしてわたしは信じられることに一つだけ辿《たど》り着いた。スイと呼ぶ相手がそれだ。それ以外に意味はないと思って緩慢《かんまん》な時間の過ぎるに任せた。授業、休憩、会話、授業、休憩、会話、授業、休憩、会話、授業、昼休み、会話会話会話、そして会話を逃れて一人で、三階の廊下の窓のところで不意に、このときだった。

意識が捉《とら》えなかったことはすぐ忘れると思う。ただ過ごすことは懐かしさに埋もれることだ。埋もれていた。とても埋もれていた。でも違った。違う心を灯《とも》したまま、会話を避けて、この日は下校して帰宅して、早く、でもまだ日は明るい。まだだ、もうじき、でももうじき。待とう。自室で、待った。時が重かった。だが待った。ベッドに横たわっていると、少しずつ、暗さが近づいてきてわたしは深い息をしていた。

夜が繁り始めるとともにわたしたちは見たこともない顔で出会う。

翠という字を持つあなたの正名は知らないふりで、わたしはあなたをスイと呼ぶだろう。

名が彩の字であるわたしはあなたからサイと呼ばれることを待つ。

夜の夢の暗がりにほんのり明るく思い出される光景を辿ってゆけば、スイが、昼休みの時間、人を避けて、ロの字形の校舎に囲まれた中庭の端のベンチにいた。日陰になった所で、足元に植わった黄色い花が列を作っていた。僅かな花の揺れはわたしの頬を叩くように、スイの言葉はわたしの背をなぞるように、陽は斜めに、風が追われるように、三階から眺め降ろすわたしの視線をスイは知らない。

スイの乱れない髪の形がわたしに教える、スイは誰も見ていない。

だが知っている。昨夜、夢にいたのはスイだった。夢で自分の、と思っていたことはどれもスイの記憶だった。そしてわたしはそのとき、スイの中にいてスイに酷い苦痛を与える誰かだった。邪魔で無用な、そうだスイが誰かに言われたという「要らない人」はわたしだった。でもわたしはスイの中にいたことに必然を感じている。人の執着に理由はない、と、ある人は言った。偶然なのだと。偶然という語は世界の在り方を人の狭い思考で計ろうとしたときあらわれる最後のため息である。

偶然だから軽くあることはなくて、偶然だからその執着の度が深いのだともその人は言った。わたしの理由は蒸発してしまったように跡形もない。あったのだろうか。わたしがスイに執着する理由は。そして今わたしの手にあるのはあふれるばかりの心である。

眠りに埋もれていたい。だが夢は正直にわたしの欲望を語るだろう。触れられない、訂正も言い換えもできない、心という重荷をわたしはいつか捨てよう。

祖母が教えてくれた。心に耐えないとき言葉を発せよ。意味はどうでもよい。ただ言葉を虚空に向けて、死んだ目のようななにもかもを蘇《よみがえ》らせるための呪文を教わりたかった。

教えてほしい。

スイは声が細くて、大きい声で話しているのをみたことがない。いつも「そう」か「違う」しか言わない、と記憶するのはわたしがいつも近くにいないから、スイに友達がいたはずなのだから、スイの言葉はわたしでない誰かが親しく聞き、ときに手を取るだろう。ときにスイの耳元で思いもかけないことを囁くだろう。ときに。

夜風に揺れる樹の葉群《はむら》は不安とともに遠く過ぎ去った訝《いぶか》しみを教える。思いつめれば気になって仕方なくて、それがどこから来たのか、つきとめたくて、なのに分かったためしがない、そんなことをわたしは、夜風に揺れる街路樹の陰でスイに告げた。

「死ぬまでわからないと思うと悲しい」

「わからないことがあるから生きている」

「生きていることは悲しい？」

「いえ全然」

スイは、昼のスイと逆の、親しげで楽しげなスイが、わたしの夜にいる。

夜、スイとともにいるわたしもまた陽の下の自分とは異なっていると思うとありがたいような、いたたまれないような気がする。わたしは、わたしから逃げている。

「見つけた」

「あなたは誰」

「サイ」

何度夢に見たことだろう。嘘だ。夢にも見たことはない。だが何度繰り返し望んだことだろう。

二人いつも一緒だったし、どちらとどちらという区別さえ忘れてしまいそうなほどわたしたちは似ていた。似ていたに違いない。

背に燃えるような日暮れの光を負ってスイは笑いながらわたしの前にいた。わたしは赤い光のさす方へ向いて、もうじき来るよ、と告げた。何が？　とスイは言うのだが、わかっているのに、とわたしが笑う番だった。

「名は」

「彩《あや》という漢字でサイ」

「犀《さい》。角《つの》あるね」

「違う」と笑った。

よく笑う彩は、わたしと違って風みたいに好き勝手でこだわりもないのだろうな、私の名を「みどり」と呼ばずスイと言う彩。なぜ？　ここに足をおろしている時の名だから。どうして？

「サイ」

「そうそう」

「サイ」

「そうそう」

それはいくらでも続いていきそうで、時間が繰り返すように戻り戻りそして先はなくて、わたしたちはそんな、ここにいたのだ。

あるとき、気がぷつりと切れたように彩に告げた。

「思い出せる？」

「うん思い出せる」

「言って」

するとサイは始めた。

二人で急行列車の座席にいた。二人ずつで向かい合わせになったそれはボックスシートというのだとサイは言った。向かいには誰もいなくてわたしたち二人は列車の進行方向に向いて横並びにいた。スイは窓側、サイは通路側だった。そのとき憶《おぼ》えている？

「いない」

でもサイは続けた。

二人とも制服を着ていたので修学旅行みたいなんだけど先生はいなかったからきっと何人かで一緒に旅行していたんだと思う。それが制服で、ってなぜかわからない。みんなで決めたらしい。でも他に誰がいたか思い出せない。そしてわたしたち二人だけがなんかの理由で遅れてしまって、帰りはわたしとスイだけで長い間ほかに誰もいない列車に乗っていた。

「それ本当にあったこと？」

夢だったらそれでもいいし、スイが憶えていないと言うのなら今改めて教えてあげる。

列車には最初、けっこうたくさん人が乗っていたのに先へ行くほど降りていって、あるところからはわたしとスイだけになった。

夕暮れだった。窓から夕陽が見えた。赤い光を遠くから浴びてスイはわたしに顔を向けた。そのとき。

「そのとき?」

スイ、あなたは言った、もうじき来るよ。

「違う、それはサイ、あなたが言った」

二人とも、何が来る、とは言わなかった。サイはまたこんな話を続けた。

いつもみんなが先に行って、わたしだけ忘れ物を取りに戻る。一生懸命に探して、やっと見つかって、みんなのいるところへ戻ると、もうそこには誰もいない。どこへ行ったんだろう。

「夢?」

「きっとそうだけど、でもその残念な感じ。遅れてしまってもう追いつけない気持ちはいつでもわたしにある。スイはそんなことない?」

「ないと思わないけど、いつもそんな気持ちじゃない」

「暮れてゆく、過ぎてゆく、そんなことばかり」

サイはここにいるだけでもいたたまれないと言う。どうしたらよいの、と尋ねると、消えるのを待つだけと言った。「でも」とサイは続けた。

「拘《こだわ》っている。スイ、あなたがいる」

わたしはサイの言うところがわからない。どうしてか。

わたしに執着する人はいたか。

「よく知れない深いどこかに吸い込まれてしまいそうな気持ち、わたしは」

それが揺れる樹の影の合間に見える。気分が、心の深みが、サイの背にかかる影の深さと等しい。

黒々とした埃《ほこり》のようなものが部屋の隅に溜《た》まっている。それは少しずつわたしに決めを迫る。こちらに来い。

サイは招く。ここにいよ。

「スイ、あなたがいる」

わたしはいくつもの路地を抜け、迷い歩き、気の遠くなるような青い空の下で眠りの徴《きざし》を得て、とうとう辿り着く。そこにサイは待っている。

それは毎夜だった。毎夜でなければならなかった。それは毎夜なのだ毎夜毎夜にわたしは、スイに会う。会うはずだった。

目醒めて思い出す、さいぜんまでわたしに語りかけていたスイはいない。知らない理由で、スイは校舎の六階の窓から身を投げた。もうずいぶん前のことだ。前のことになった。なってしまった。時間は。時間は遠くに静かに、スイの死を、三階の廊下の窓から見たスイの死体を、そのもっと前、中庭に向かうベンチに座っていたスイの髪と横顔を、遥《はる》か遥かに運んでいる。

今もわたしは理由を知らない。

だがそれ以来、スイはわたしの夢に来る。

二人で乗っていた列車の窓から海が見えた。それで言った。

「眠りが海にたとえられるなら、いいえ、海が夢であるなら。波が夢の言葉であるなら」

アヤが、サイが、わたしに教える、それはわたしの中に深く沈む言葉だった。海は夢を見ている。海の見る夢が揺れると人々の心底に泡が浮く。今も海は夢見ている。わたしの心底にあなたの面影を持つ泡を浮かべよう。泡を包む言葉という膜、空虚を抱いた言葉の膜が許されている。守ることは死に近づくことだった。

好意だけがわたしを刺した。狭い草地の影に破れて揺らぐ黄色は見慣れた食品のパッケージの切れ端だけれども、揺れは運命を招いている。雨に濡れながら揺れをやめないまま、小さな隙間のような雑草の領地が街中のあちこちにあって、そこには知れないけれども世界の大方に伸びた神経のような糸が、糸がね、

つながっている？　何に？

知らない。

それで何が起きる？

何も。

それ、ただつながっているだけでないの？

何もならないから何もない、のではない。

何があると言うのだろう。

それを心というんだ。

心は無力ということ？

無力だから祈り続ける。祈り続けている間はそれが全部無力だったのだという結果の見定めが遅れる。だから人は、言葉を持つ。言葉は動かせない岩を動けと言い続ける。その営為が生きること。

俯《うつむ》いた視線の行き所を探しているとあなたは頬に触れて言った。実りの輝きが表情を翳《かげ》らせるのはなぜ。心静まる時間があればそれが生涯の忘れた半面を損《そこ》なっていると思えてしまうのはなぜ。

一人立つ時間はつらい。寄りかかっていたい。いらなくなったらぽいっと捨てられる物でありたい。それは嘘。でも都合よく自分が大切にされると考えてしまうのは醜い。当てが外《はず》れて泣きながら捨てられていけばよい。在って当然だけど在ることを求められるのは嫌。

面倒。そうだ面倒で煩《うるさ》くてないほうがいいそれがわたしの心だ。

あなたはそうではないのか。そうではないと言ってほしいのか。

二人いた。どちらも十六歳だった。どちらも「どちらも」

その夜もスイはわたしの代わりにわたしの意識になってそこにいた。

南の窓を開けておいてね。

風を入れるためではなく心を捨てるため、いいえ、あなたの記憶を捨てるため。

え、それは酷くない？

違う。あなたは記憶ではなく、今ここにあるだけがすべてであるからすべてであるとわたしが信じたいから、わたしの手に触れるあなたの手の僅かの重みだけをあなたと思っていたい。

それでいつもわたしたちは会ったこともない顔で出会う。

冬も近づく森に厚く積もった枯葉を掘り分けるようにあなたはわたしの心を探るだろう。でもそこではない。

知らないね。

知らない。

きっと揺れているのは夜風の中の小枝の先の一枚残った枯れかけの葉で、顫《ふる》えて答えるわたしの言葉の中に千年も前から揺れていた。

あなたが一番言ってほしくないことを。

なに？

あなたの肌が裂けて液状の心がしたたり落ちるようなこと。

それはなに？

知らない。

知らないことは永遠のいたわりである。

スイが翠の身体のまま死んだあと、わたし彩は通う高校でとても上機嫌に、それは友人たちといつまでも話すことを苦痛に思わなくなって、なぜならわたしには目的がなくなったからだ。翠という生身の相手と他ならない関係になって永遠に話し続けること、いいえ、話す必要もないほど他ならない者となることが望みだった。今望みはない。望みがない者は自由である。解放感にあふれている。

わたしは起きている間の何もかもすべてどうでもよくなってどうでもよいからすべ

てに丁寧になった。「丁寧に暮らす」ってこういうことなんだな。求めるもののない所にいればすべてひとつひとつ懇切《こんせつ》にしていられる。意識を特定の渦に向かわせる必要がないから。わたしは朗《ほが》らかになった。誰とも仲良くできた。誰も好きでないから。翠という目的のない世界に用はない。要もない。いらないのはスイではなく、わたしでもなく、起きて感じるこの世がいらない。

でもわたしには眠りがある。眠りの彼方にスイはいる。翠ではなくスイがいる。

死は眠りと違う。死の向こうに夢はない。けれども、起きてわたしを、欠落した自分を意識していることの厭《いや》さに、つい眠りの代わりに死を願いそうになる。

それというのは黒い人を見たからだ。街にいた。下校するとき通る商店街で、わたしの右脇を通り過ぎていった。すれちがうとき一瞥《いちべつ》した。一瞥だけだったが黒い人とわかった。そしてその人も、わたしを一目だけ、見た。そして去った。

黒い人は色黒でもなく影に隠れていたわけでもないのに、黒かった。それはときおり部屋の片隅にいた黒い何かの成分を持っていたからだ。成分なので見た目に黒いわけではない。だがわたしには黒いと、真っ黒であるとわかった。

その黒い何かは、その人の身体というよりも精神というよりも、もっと深い所に、刻々《こくこく》と蓄積していた。

それを私は知ることができた。

この人はもうじき、死ぬ。夢も見ない真っ黒な所に引かれている。それは惹《ひ》かれているというのが正しいか、その人は確かに死の香りを、死の色をしていた。

つい願う、死んで、永遠に、スイの見る夢を見ていること、つい願うが、それは嘘と、知ってやっぱりつい願う。

こうしてわたしは、黒い成分の過剰によってほとんどこの世から離れかけているその人と、もう一度会えないか、内心の望みを隠せなくなっている。黒い人は、わたしをわたしの行くべきところに届けてくれる。物のように運んでくれる。投げ捨ててくれる。

わたしは待っている。

ある朝、突然に訪れる、死の香りをした何かの大きな異変を、それはきっとわたしが死んで二度と目醒めない日のことだ。無用となったわたしの代わりに異変が訪れる。

わたしは待っている。

れいめい

渦《うず》を巻いている。空が遠い。近い位置に伸びた建物が機械のような手を近づけてくる。のではないかと思えて、身を右寄せに歩いた。

渦が青と白の模様に見える。空が遠い。

右に傾き過ぎて人にぶつかりかけた。すみません。

害《がい》・外《がい》・涯《がい》、という三つの言葉が思い出される。ガイという発音が骸骨のガイだ。恐れや心配で、気の重り過ぎで、用心し過ぎ、手間をかけ過ぎ、念入りに人の道から外れてしまうことを、ガイと呼ぶ。

今、ガイの方にいる、それではよくないと思って、身を左側にあずけ直した。歩き方は正常になった。だが足許《あしもと》の排水溝が、吸い込み口がどうしても無視できない。歩道を外《はず》れて、すると歩道外は、これもガイかと思いつつ、車道の端を行った。後ろから大きな鉈《なた》のようなものを水平に突き出した自動車が高速で来ればきっと首が飛ぶ。

もう一度仰向《あおむ》いてみると、空の渦が逆回りに思えてくる。違うと思う。

少し進んで左側に曲がり角が来た。救われたと思う。無防備の車道から住宅街の間の細い道に入ると、ここだって自動車は後ろから轢《ひ》きに来ることもあるだろうが、空間の質が違うから広い車道にいるよりは逃れる機会も多い。

クウと思う。クウは空だが喰《く》う腔《くう》でもある。ここはクウの棲《す》むところだから速歩きはやめようと思った。

サボテンだ。サボテンの列がある。ブロック塀の隙間《すきま》に、丸や三叉《さんさ》や棒状の、ちくちくと悪ふざけの、素直に尖《とが》った、緑と灰色の塊のようなものが並んでいる。脇を通ると微《かす》かに揺れているような気がする。

気では駄目だな。はっきりしたい。ごろりとした事実がないといけないと思う。

玲《れい》と話したことだ。はっきりした事実、ごろりとした変更できない事実、ゴロジツだ、ゴロジツを何より判断の基準にする、玲はそんなことを言う。そんなこと、という言い方が曖昧《あいまい》だ。ゴロジツではない。

左膝《ひだりひざ》が少し痛い。三日前の打ち身による。ゴロジツだ。だが少しという判断がどのくらいかを決められないので足りない。

空の渦は、クウの場ではゴロジツと言い難い。

場によって変わるのはゴロジツではない。

玲の言葉は場を持たない。場がないとは世界そのものであること、世界にそのまま通じているということだ。ユニバーサルなスタンダードとして正しい。だがそれは親しい友人が死んだときに「人間は皆死にます」と言う正しさだ。それがゴロジツだ。その正しさに耐えられない。耐えられないのは玲もわたしも同じだ。だから玲は言葉に重みを持たせないように心掛けると言う。

赤い色が右側をすれ違った。女だ。他者の意識は難しいが選択する色は明確である。そこには根拠がある。三十歳前後の小柄な女が赤い色のセーターを着るという決断がある。だが、その決断の結果をもとに相手の意識の根拠を他者が決めることはできない。そこに不可逆がある。

色は想像を呼ぶが想像は色を用いる。色から想像するときと、想像が色を決めるときとでは相《そう》が違う。ソウは相であり層《そう》であり創《そう》であって、「そうそう」と言うとき既に何かが創《つく》りあがってくる。

雲が作り上げられている。誰の仕業か、問いたくなるのが、自然な気はするのだが、見事にねじねじと巻きあがった形の雲は何がそうさせたのか、決して答えられることはないだろうけれども、きっとこの一瞬、この雲の形を目にした人々は、何かの運命をともにしている。

わたしたち自身の実際にどんなことも起こらなくても、同じソウの中に、わたしたちはいるのだ。それがソウなのだ。玲は、このソウに加わっていただろうか。アパート四階の窓から空を見上げて、わたしたちのソウを身に引き受けていただろうか。渦雲同盟《うずくもどうめい》に、あなたも、加わってください。

急いで、一瞬一瞬が激しくすり減らされてゆく中、走って、路地の曲がり角を曲がって、せっかくのクウの落ち着きも忘れて、メゾン立木《たちき》に、四階建てのアパートに走り込み、外付けの鉄階段《てつかいだん》をたんたんてんてん鈍く響かせながら、四階まで一気に駆け上がると、白い鉄扉が四つ並ぶ、その東の端の一つの、鍵穴にもどかしく鍵を入れ回

し、扉を引きあけ、

「窓の外、空」

と告げるが、玲はと言うと、キッチンに立ち、顔を床に向けてぽとぽとと血を落としている。

血は一方の鼻孔《びこう》から出て滴《しずく》になって落ち、リノリウムの床に丸型の赤い水たまりを描き周囲に放射状の細かな飛沫《ひまつ》を走らせていた。円は先駆けの飛沫を追うように少しずつ広がっている。

太陽。首の切り口。

という詩を憶《おぼ》えている。床に、濡れた太陽が来た。

「おがえり」と玲が言う。鼻に血があるので不明瞭な声だった。

続けて「止《と》ばらない」と言った。

「仰向くといいと思うけど」と答えて、それほど慌《あわ》てないでいるのは、玲の鼻血が頻繁だからだが、滴の落ちる頻度が徐々に上がっているので早く何か詰《つ》めないといけないと思った。

詰めでも積《つ》めでもツメという言葉にはどうしても爪があってひっかかり鼻腔内《びくうない》に傷を作りそうなので、栓《せん》、そうだ、栓、宣《せん》で先《せん》で潜《せん》のセンをしよう、そばにティッシュの箱があるではないか。

「どうして？」

とこちらから言い出す頃には玲も、増える出血量にようやく慌て始めていて、できあがった血の太陽の形を崩さないよう鼻に手をあて顔を背《そむ》けて素早くティッシュのある棚に寄り、もう一方の手で一気に五六枚摑み取って顔の中央を塞《ふさ》ぐようにあてがった。

「みでだら」

と言うのは「見てたら」ということだ。

「見でだら、眼が」そこでぐいと拭いて、まだまだ溢《あふ》れてきそうな左の鼻の穴に手にあるティッシュの端をひとまず突っ込んで、センだ。これでセンの初歩が完了した。

「離せなくなって」

と告げるのは、鼻血が床に落ちて丸く溜《た》まるのを見ていたら、眼が離せなくなって、ということだと思うが、その眩暈《めまい》、その惹《ひ》きつけられにわたしは参加できなかった。

わたしは、渦雲同盟だったからだ。

思い出して、窓を開けるが、今も威容《いよう》を誇るというものの、真の渦雲ではなくなっていた。

玲は渦雲同盟には加わることなく、血の太陽クラブに一人だけで入会していたのだった。会長は玲だ。渦雲同盟は自然発生した原始共同体なので長《おさ》はいない。全員でうやうやしているだけだ。

玲は後からの加入を許した。それは人為的なクラブだからだ。

「明《めい》、帰ってこなかったら、もっと見ていて、大出血になってたかも」

と言う玲の口の周りがまだらに赤い。片方には栓が第二段階だった。ぐいぐい奥に突っ込んで外に一センチくらいを突き出している。しばらくしてこの、中がでろでろになって真っ赤なやつを抜き出してもう一度新しい栓をすると第三段階が終了し、だいたいその頃に鼻血は止まる。

それまでに口と手についた血を洗面所で洗い落とす。

いつも左側の鼻腔が出血もとだ。何もしないのにつつつと玲の鼻の下から口に血が伝うときがあって、人が見ていると驚く。放射能汚染か、と言う人がいた。原発の事故が大変だった頃の記憶を持つ人だ。

自分もそこにいた友人も、なんだったかの大量放射能漏れで死んでゆく人を描いた映画の一場面を思い出していた。のに違いない。眼から耳から鼻から、全身出血し始めて死ぬ。その最初が鼻の穴の一方から血が伝う段階だった。この話を人に伝えると実際の放射線障害はそうでないと何度も何度も言われた。聞く間、ホウ／シャという発音が気になっていた。

玲は色白なので、白い顔の中心から真っ赤な線が伸びるとどんなに慣れていても何事だろうと思う。なにごと、という異変は一回ずつ、異なっているから、似たことに何度出会っても、予期していても、心の、どこかまだ開かれていなかった部分が驚くのだ。

白い顔なのにその皮膚の下にこれほど強い色の赤があることが不思議に感じられる。玲ほど白くないがわたしもそうだ、友人もそうだ、だが、とりわけ白い玲の頻繁な出血は、玲の身体に余分な赤が分泌されたときそれを即時に排出することによるのではないかと思われた。

それで、出血し終わった玲の身体を輪切りにして見れば、真っ白なかまぼこのようではないだろうかと思った。

これをどうでもよい非現実な空想として距離を保っておくことは自分にも必要だが、だがだが、だがんだが、だがの強調だ、だがんだが、ユニバーサルなスタンダードとして、場に関わらない真実としての、人間の体内には必ず赤い血があるという事実、ゴロジツに必死で刃向《はむ》かう魂が、誰にでもあるのも、ゴロジツでなくともセツジツだ。それはセツジツなのだ。身体の機能や組織の造りが同じとわかっている自己と他者なのに、ある他者は真っ白なかまぼこであると思い、ある他者は自分と等しく赤い血の袋であると思うことだ。

すごくよいラブストーリーの映画なのに、わたしにはヒロインがどうしても冴《さ》えないおばさんに見えてしまい、何を言ってもやっても、描かれるべき恋愛の素晴らしさに辿《たど》りつけなかったことがある。それは恋愛がゴロジツでなくセツジツであることによる。セツジツの判断はゴロジツで説明できない。心だけでわかる真実だ。コロジツなのだ。

顔と手の血を拭いて、一方の鼻の穴から白い栓の端を突き出して、薄赤い唇の他には血を想起させなくなった玲が、「なあにしてんだかなあ」と言いながら、もう一度床の血だまりを見下ろした。

白とベージュの縦ストライプでワンピース型の室内着には見たところ全く血の跡がない。これだけよく鼻血が出るのであれば、タイミングがわかっていて、危ないと思うと衣服につかないよう避けることができるのだ。そこですぐ血を押さえず、落ちてゆく血に見入ってしまったのは、血がつくのを避けるさい、顔を突き出して下を向いたからだろう。規則正しく落ちてゆく赤い滴に見とれたのだと玲は言った。

だが、玲が心奪われた生成過程の血の太陽、ごく小さなひとしずくから刻一刻直径を増してゆく朱《あけ》の株《かぶ》を育てる魂と、既に生成を止めたそれを眺める魂とは別のものだ。

今、二人は、もはや誰のものとも知れない、酷い何かの名残のような、しかしそこはかとなく神秘な、いったい何が起こったのか今では想像できないナニゴトの遺跡として、濡れて出てそして乾きつつある太陽を見た。

「これ、氷」

とコンビニで買ってきた袋入りを差し出すと、玲は「ありがと」と言って受け取り、袋を開けて中の塊のひとつを口に入れた。

ごりごりと氷を噛み砕きながら、

「ごりごり」

と言葉の発音としても言う。

「ごりごり」とわたしも真似る。

ごりごりのやりとりはしばらく続いて、玲が最初のひと塊を口内で砕き溶かし水として飲み終えたとき、終わった。

「これゴリジツ」遊びのつもりで。

「コリジツのほうが可愛い」

「ならポリジツで」

「ポリピツもいい」

それは濁音《だくおん》がゴロジツに近いのに対し清音《せいおん》はコロジツ、そして半濁音《はんだくおん》は可愛いとか小さいとかいう含みのもとに真実の棘《とげ》を柔らかく包み込み無害化する、世界一欺瞞《ぎまん》的なガイ排斥《はいせき》の方法ということだ。自分たちはよく「パ行愛好家」であると語り、人にも言う。

「御茶ノ水」駅は「ぽちゃのみず」駅であり、「横浜」駅は「ぽこはま」駅、「所沢」駅は「ぽころざわ」駅である。パ行中では「ぽ」の使用が圧倒的に多い。

「コンビニ」は「コンピニ」、「アルバイト」は「アルパイト」、「宮沢賢治」は「ぴやざわぺんじ」である。

これまでで最高級のパ行改変は玲が言い出した「ポイガプチ」と思う。原型は「恋が淵《ふち》」で、もともとハッピーな感じもある地名だが「淵」がちょっと怖い。身投げしそうで。しかも「淵」は「涯」の仲間である。ガイにも近いのだ。それが、改変後は「小さいのがポイポイしていそうだし」と玲は言った。怖くない。ただし「ポイ」のところに「ポイ捨て」の連想から「淵に身投げ」の遺伝子は受け継いでいて、でももうそれほど深刻な人死にの想像には行かなくてプチなポイをしている、そういう意味で大変優れたパ行使いだった。パ行愛好家の歴史に残る偉業である。

パ行は隠蔽する。

何が隠蔽されるのか。世界とは、巣から落ちた雛が死んでしまうのは当たり前である、というゴロジツをだ。事実は何一つ変わりはしないが、パ行の多い世界では、巣から落ちる雛を下にいる風船のような人がふんわり受け止めて巣に戻してくれる気がするのだ。気だけだ。

気では駄目だな。はっきりしたい。ごろりとした事実がないといけないと思う。そこでゴロジツだ。と、また元に戻る。だが、そのしばらくの思い巡《めぐ》りの間だけ、世界は僅《わず》かにゆとりを与えてくれた気がする。気がするのでは駄目だ。駄目なのは同じだが、そこに僅かだけ。

乾きゆく太陽はその後も拭い去られることなく、キッチンの床にあって、足を踏み入れてはならない聖なる場所となった。瑞々しい赤色は茶色となり、さらに黒に近い色となった。すると血の腐敗した臭いがひどくなってきたのでやっぱり全部拭き取ったが、惜《お》しいので、何が惜しいかよく言えないが玲もわたしもなんか惜しいと思って、記憶する血の太陽とほぼ同じ模様を赤のマジックインキで描いて、そこを聖なる場所と決めた。


「あさまかり」

「すもりうる」

「うるめかせ」

「はまりすて」

玲とともに、今日も言葉を捕《とら》える。その意味はよく知れなくても、確実な響きとともにわたしたちの周囲に漂っている。心うつろにして、ただ待てば、あれらはやってくる。言葉さえ捕えれば意味は後からやってくる。

「準備だけはしておこうね」と玲が言ったので始めた。日々少しずつ、口をついて出る言葉を憶えようと言った。それはいつか必要になると玲は言った。

「たまりく、たまりく」

「つがら多かり」

「忌《い》む理《り》あらませ」

「錘《おもり》かまらせ」

なんとなく古くからある言葉に思える。ときに優美に、ときに恐ろしく思える。どうにか、捕えようとして、毎日、夕刻を過ぎ深夜に至る頃、わたしたちは顔を見合わせ、囁《ささや》くようにこの世へと問う。

「あわい」

「ふわい」

「はうい」

「しもろとからせ」

「ほののく」

「たばす」

「おおいの」

「くろむり」

「ほとり」

「ほとり」

そのうちに眠くなって二人横たわる。

「ねえ、びろんげは？」

「いやだなあ」

そして眠る。


はたはたと鳥のはばたくような音がする。

はたはたと、明け方、脇に寝る玲が、鳥のはばたくような音がするねと言うので、そんな気もすると答えると、あれは、いつもわたしたちを呼んでいる、近いかも、と玲が、寝がえりをうって、窓に向いている。

身を起こして、窓のカーテンを少し寄せて、外は薄青《うすあお》い、僅かにのぞく景色が疑われるほど、眼を染めてしまうほどだ。きっとこれが一度だけ、一回一回のナニゴトなのだろうな、と玲に言いながら、数日前に見た夜明け前の薄明《はくめい》を思い出している。

同じでないね、と玲に言うが、心は既に何度も見た青に囚《とら》われていて、玲、見るた

びに新しいってどう思う？　と問うと、

「重くない、軽くもないけど」

と言った。

青は遠いけど、と答えて、近い青は、わからない。雨の日は午後でも青い時はある。

夕暮れにもあるね、と言う。

玲は、「もう聞こえない」と言った。「鳥が、いない」

行ってしまったの？　と問うが答えない。

少し冷えている。空気が重くもないが軽くもない。重い空気、というのは気持ちの意味ではない、心にかかわらず重い空気のときはある、あるのだ、と決めてどうしよう、でも、と玲に言う。

「渦巻くのって、重さと軽さの食い違いだと思わない？」

「コーヒーの」

ミルクを入れてかきまわした時の、渦が思い起こされて、それは同じ映像を玲も思い見ているだろうと思う。

コーヒーを淹《い》れよう、そう決めて立つ。くいっと小さな眩暈がきて、今、ここにも渦がいる、と言う。ウーズの気持ちと言おう。と言う。渦はすぐほどけて、空気よりは重いだろう脳内の、揺らしてもあまり震動が伝わらない粘液の状態に戻った。

「きのう」

と、キッチンに向かいつつ、後ろの玲に言う。

「馘首《くび》になりました」

玲が意外に驚かなかったのは、それが決定的な結論ではないと思ったからだろう。半年前から職場が重くてクロガマリが増えていると何度も告げた。玲が、ファストフード店にそれでは困るね、と答えることが何度もあった。

働きぶりが悪かったとは思わない。クロガマリに邪魔されたのだと思う。といって他のメンバーに自分の内実《ないじつ》からくる必然《ひつぜん》を十全《じゅうぜん》に伝えることなどできはしないから、避けるのと周りを気遣うのと二重に患《わずら》う。クロガマリは煩《わずら》わせでもあり患わせでもある。人にわからないルールが増えると仕事が遅れる。そこはガイじゃないのかなと言ったこともあるが、ガイならなおさらだと玲は答えた。

最近少し痩せた。気を張っていないといけなかったからだろう。今、湯が沸いた。最初に少し、濾紙《ろし》の上のコーヒー豆の砕片群《さいへんぐん》にかける。十秒以上待って、第二便を送る。第三便くらいで湯が終わり、つくんと僅か、時間から突き出たような気分になって、このときマドラーで黒い池のようなところをくるくるとかきまわす。するとと渦がいる。ちょうどこの間の空の渦を思い出しもしながら、ウーズの谷、と言ううちに、火星《マーズ》の谷ができあがってゆく。

周囲を細かい泡に縁取られた中、だんだんと水を吸う砂地のようなざりざりが見えてきて、三角フラスコのような容器にたぽたぽと落ちる音が間遠になった。

クロガマリは日一日とわたしの居場所を狭めた。

渦は違う。すぐに去る。けれども、店のクロガマリは一度出るとタールのようにこびりつくので苦痛だった。クロガマリには液状《えきじょう》と粉状《こなじょう》とあって、液状の方がより悪質だ。

先日、帰ったら、玲が玄関口を慌《あわ》ただしく掃《は》いていた。

「開けちゃったの、気を許したの」

と言いながら、無念そうだった。ネットで注文した本が届いたのかと思って、ドアホーンの鳴るのを、急いで扉まで行き、はい、と開けると、何だかよくわからない何かをなんとか言っている人がいたのだそうだ。

確かめたが玲の伝えるところでは何だったのかわからない。その人がほら、と差し出す黒い塊が、玄関のタイルの上に落ちて、ぱん、と破裂して、黒い粉が散ったのだと言う。

それを懸命に掃き出していたところだ、と玲は言った。

気分が悪いので一緒に掃いた。端々《はしばし》に角々《かどかど》に僅か、残っているのがわかって厭《いや》だった。

雷が鳴ればよいのに、と言ってみたら玲が同意した。

「そうなんだ。空気が変わる」

という言葉には鋭い反応がなかった。だが玲もまた、一新したいコロジツを手に余るほど背にしなだるほどだ。

「近いかも」

とそのとき言った言葉は、今から考えるなら、あなたの失業が近いかも、という玲の予言だったかも知れないが、それは皮相《ひそう》のことでソウではあってもゴロジツではなく、ガイの近くに立つというところが重いのだ。

重さはたいてい玲の敵だった。

掃除もしないので部屋に舞う塵《ちり》は、たとえ吸いこんでアレルギーの原因になっても許せると玲は言う。けれども一度机や床や戸棚や書物の上に降りてから何かに吹かれ再び舞いあがった埃《ほこり》は猛毒なのだと言う。区別がわからない。だが、体調を崩す元になるのは飽くまでも一度零落《れいらく》した軽みであって、いつまでも浮遊し続ける軽さは身を損《そこ》なわないと玲は言う。

自分には区別がないので、埃も塵も嫌いだが、だが玲の言うほどには害されていないように思う。それより花粉には弱い。いつも春先は外に狙撃者《そげきしゃ》がいる。黒くはないのでシロガマリと呼ぶ。

わたしたちの肺は、白と黒のガマリで刻々傷《こくこくいた》んでいる。

その蓄積がわたしを失業させた。

玲は近くの古書店でアルバイトしていて、今のところ勤めることができている。埃は多く、玲がよく耐えていると思うほど、落下の後、本の上から吹き下りる塵埃《ちりほこり》に満ち満ちた店内に数時間いる。あそこにもガイは歴然《れきぜん》とある。だがクウの場でもある。そしてゴロジツには欠ける。

書物はセツジツだしコロジツに富むが、ゴロジツを伝えるのは何冊も重ねたのを束《たば》ねて運び、玲が腰を痛めかけた時の重みだけである。高い位置に置かれていて台に乗って取ろうとしてぐらりと倒れかけたときの死ぬ気の思いは思いであり重いでもありガイ的面《めん》なおののきであったと玲は言ったが、玲の勤める杜梨霧《とりむ》書店はクロガマリのいない場である。シロガマリは物理的に侵入する。しかしクロガマリを感じることはないのだと。

まだこちらは大丈夫。

と玲が告げる。クウの棲む場所がひっそりと街の隅にあり、そのひとつが古書店となっていて、しかし、古書店業という職種が経済的淘汰《とうた》というゴロジツからひとつひとつ消失している。同じ古書店でもブックオフはあまり減らないがあそこにはクウが乏しくクロガマリも僅かながら生息する。

とはいえ、最後に逃れるにはそこしかないだろう。

だからまだなんとか。

だがわたしの失業でこの先、生活費は半減する。それもゴロジツと言うべきなのか、あるいはマルクスの言うようにそれこそがコロジツの極みで。貨幣物神《かへいぶつしん》、資本という幻想、交換という幻想が経済を用意しているのか。ここまで堅固になった幻想はもはやゴロソウと言えばどう。

延長してゆくと区別のつかないものもある。

かんかん、あるいはこんこん、扉が鳴り出した。

玲がしくじったとき以来、ドアホーンの線がずっと切ってあって、そのことで栓《せん》をして宣《せん》としているのだが、その状態を、室内に居ながらの意味と読んで何度もドアを叩く人がときどきいる。ほぼ九割はよくない。

荷物を運んできてくれる人以外は勧誘者である。商売ならまだ性質がよい。信仰関係は出てしまうだけで眼をつけられることも多く、その後何度も来る。いつか玲が、クロガマリ爆弾を運んできたというなんだかわからない人もおそらく新興宗教の勧誘だったのだろうと推測する。

玲と二人で息をひそめ、やり過ごそうとするが、

「いることはわかっていますよ」

と、出ないでいるこちらが悪いように言う声が聞こえて、きっと扉の向こうには真っ黒なクロガマリの発生元がいるに違いない。開ければ口からごわわわっとクロガマリを吐くよ。

ので二人でなお息をひそめイキソメの状態になった。イキソメになってしまえば壁のようになんでもない。

「ぱやくあぺてぷたさいよ」と聞く言葉が既にパ行に侵されているのでわたしたちは世界から膜《まく》一枚隔てられている。僅かにかすかに、わずかすに守られているのだ。怖くない。敵意は徐々に摩耗《まもう》する。それを自分の力でうまくできる人は摩耗使《まもうつか》いである。心の尖《とが》りを削ってしまう摩耗使いが、世の中にはけっこういる。わたしたちはできないが、その代わりにテクニカルなパ行使いでしのぐ。

十分くらいで外のクロガマい声は去った。またくるだろうか。つい扉を開けてしまうことはないだろうか。つい、というのが一番の落とし穴で、そのときが墜落《ついらく》なのだ。掃くだけでなくなるクロガマリならよいのだが。

この日、玲は教えてくれた。

「ていう仕事、あるみたい」

ていうのは、そして、喜んで決めた。

費用貰《もら》えるなら南極だって行きますと答えたけれども、第一歩はなんでもない自分のアパートの周囲の影探《かげさが》しで、かげかげしたところならどこでもよいそうだ。「かげ」という語は後ろに濁音があって十分怖いが、先にある「か」が尖っていて突き進む気分をもたらすので思ったより淀《よど》まない。淀まないということは時とともに次第にガイ量が減ってゆくということだ。次々とスマートフォン片手に影狩りを続けた。影を狩《か》るのは、また刈《か》るのでも借《か》るのでも、重さのない、時間の痕跡《こんせき》を拾い集めるような行いで、とても気に入った。

雇い主の人は漫画家で、わたしの住む中方線《ちゅうほうせん》沿線の半分古く半分新しい、ハンブルでハンタラな空間に落ちている時間たちを胸いっぱいに吸い込んで埃めいた物語を考え、それが人気である。初めは気に入った街の光景を逐一《ちくいち》スケッチしていたのだが、人気が出るに従い、いちいち外に出て描き、帰って書き写す作業が大変になり、まず写真に撮って絵にしたが、今はその時間もなくなった。

「写真ならネット上にいっぱいあるじゃないですか」と、グーグルアースもあることだし、と言ったら、

「グーグルアースでは狭い路地がほとんど映らないので役に立たないし、今は誰かの撮影した写真を使って絵にすると後で著作権問題になるケースが増えているので、少なくとも自分が撮ったと証明できる写真を使わないと危ない」

と、クウの豊かな仕事部屋でアシスタントの淹れたウーズなコーヒーをすすめてくれながら漫画家は言った。

そこで、助手として、代わりに撮影した写真の著作権はすべて漫画家に移譲《いじょう》する契《けい》約《やく》で、毎日、指定された場を多数撮影してメール送信するという仕事を請け負うなら、

今の連載漫画が売れている間は月十五万払うと言う。

高いか安いかは知れないが、また先行きの保証のない仕事だが、それは揺《ゆ》れて得《う》る、揺《ゆ》れ得《う》れの仕事だが、当面は助かる。玲の給与と合わせればまずらく、まずは楽なことになる。そしてわたしたちはまずらくに今、明日は知れない、あすれないところに揺れている。

端々のごみと共に翳《かげ》りある袋小路《ふくろこうじ》とかミニアチュア的坪庭《つぼにわ》とか、道路脇のちみちみした、けなげらしく細かい雑草とか、潰《つぶ》れ錆《さび》の空《あ》き缶《かん》とか、こそこそ影探しに歩くのは大変身にあっている。人と話す必要もない。ときおり漫画家トキロ・シナクさんからのメールを受信しては指示に従うだけで、一日約六時間の彷徨《ほうこう》だ。彷徨は方向《ほうこう》の芳《ほう》香《こう》で、その響きだけで重みが減る。玲なら好む。わたしも好む。

思えば影はごまかせない。パ行使いがまず無理だ。パゲと言うと「禿げ」を婉曲に言うための変容形だと思われる（その限りでは効果がある）。パぺと言ってはもう影でないし、カぺでもやはり届かない。この届かない感が摩耗使いと違ってパ行使いの限界だ。それで影こそはゴロジツではないがコロジツに近い裏の事実、ウラジツとして硬く深く、しかしゆっくりと漂っている。

つぼまない所を狙う。つぼまないのだ。狭い袋小路でもつぼまない。行き止まりに見えてもどこかに通じていると、そのどこかは実際の道でなくてもよい、ともかくコロジツ的に何かに通じ、ツウジ、と直感できるところ、それがつぼまない所だ。隙抜《すきぬ》けとも呼ぶ。好きな何かへ抜ける数寄《すき》な隙《すき》だ。トキロさんからは指定区域であれば対象は自由に決めてよいから任すと言われている。少し話したらセンスが知れたからと信頼された。無数に撮ってきてくれと言われた。

だが同時にかげかげしてないといけない。トキロさんの漫画は「なつかしホラー」と呼ばれている。ちょっと怖いのだが、しかし、必ず心溶ける過去に向いたなんかこんな街こんなときあったなあったなと思わせられていつのまにか静かな、あったな心に浸《ひた》る、怖いのに、先には何がいるかわからないのに、まずらくにいられる、そんな作風が愛されている。

時間の深みがあってクウに富み、かつ、いつでもソウが変容してしまいそうな軽みが引き起こす、まずらくで心溶けのかげかげでつぼまない、ツウジ感豊かな、あったなの、そのためには中方線沿線各駅からの街並みの絵が何より必要で、そこにいる登場人物たちは他の漫画より比較、薄めの感じがする。うすめらたちは街の暗みに眩《くら》み、主起《おもお》き心に添って動けば淡々と怖い目に遇《あ》うのだが、激震《げきしん》にはならない。薄れた記憶が彼方にツウジな、別の軽みある時間を思わせてくるので、それに揺れ揺れのうすめらが合う。ゆるやかに、不安の沁《し》みた暖かい籠《こも》り心地がする。

建《た》て建ての続く中、とりわけ四階建てのマンションが二棟《にとう》、その間には五十センチくらいの隙間があるが、ここには数寄《すき》な魔が棲むので、間を、高さ二メートルくらい、人の背が届かないくらいの幅細い、燻《いぶ》し銀のアルミ板で蓋《ふた》をしてある。それは細長い扉になっていて、もともと両隣の建物が同じ人の所有だったのか、そのため、間に、他の何かが入れないよう、通れないよう透《とお》れないようにして狭い扉をつけ、鍵までかかるようにしてあった。

こうなると、奥の暗い所に隠《かく》れ魔は必ずいるもので、そこを是非トキロさんの漫画にしてもらいたいが、背伸びしても目の高さが届かない。身を低くして、顔を下げて、下の方の、地面との間の五センチくらいの空きのところから覗くが暗くて見えない。

なのでスマートフォンのカメラ目を地面ぎりぎりにしてフラッシュを焚《た》いて映してみた。

一方また、手をいっぱい伸ばせば扉の上まで出るので、こちらからもフラッシュ付きで映した。

フラッシュフラッシュに溢れかえって中にいる魔たちはびくんとこちらを見たはずだ。映像を確かめると箒《ほうき》とか板戸《いたど》とか丸めたシートとかが薄汚れていた。しかしこれをトキロさんに送ればきっとそこに魔《ま》か魅《み》か夢《む》か迷《め》か喪《も》を、マ行のものたちを見出《みいだ》すと思う。トキロさんはマ行使いである。送付。

あたりを一度遠景まで撮影。御奉公《ごほうこう》に五方向《ごほうこう》。送付。

空が押しつけてくるような、ソラオシな気がするので、上を向いて、午後四時の雲《くも》白《しろ》のかがりぐあいを撮る。送付。

六畳くらいの狭《せま》せまの空き地にもんもんと草が盛りかえって物陰に猫もいそうなところが、しばらく横続きの平行な建物の間に、不意にへこみ出た。足を踏み入れてみるともんもんの草たちは懸命の押し返しで、だが無理に進めば、やはりクウはいる。

四隅にガイは貼《は》り棲むが、真ん中にいさえすれば、隅にかたくなな頑張《がんば》りのガイに触れなくて済む。いずれにせよクロガマリはないのでここで暮らそうかとも思えてくるほどだが、湿った空気が草くさいのでやめた。回りつつ、いつくも、もいくつ、もくいつ、撮影し、場を出て、ついくもいつもく、撮影し、送付。

道端のブロック塀の下の方からじみじみと隙をうかがい登りつく薄緑《うすみどり》の苔《こけ》をようそろな気持ちで讃《たた》えつつ撮影、送付。

街路樹の下から空に向けて視線を持ち上げながら華奢《きやしや》な枝と葉の間に区切られる空の真下《ました》に下がる蓑虫《みのむし》の me no《ミー・ノー》 な感じを撮影、送付。

帰って玲にひとつずつ伝える。魔行《まぎよう》の隙間。ソラオシの雲。もんもんした六畳空き地。じみじみ苔。華奢蓑《きやしやみの》の樹。

中で、六畳空き地の端の方に、何かの食品のパッケージの切れ端のようなものが見えたことを話す。ここだけわざと撮影せずトキロさんに送ってない。

オレンジ色の地に黄色で「ターパ」と書かれていたように憶えている。「ターパ」ってなんだろう、切れ端だから商品名の一部かもしれないけど、と玲に尋ねると、

「パ行仲間だからきっと気のいい奴だよ」と言った。

言われてみればそこから少しだけ、パ的な親しみが、楽しげが、放射されていたような気がする。気がするのはコロジツで個人的な感懐だが、このパ的明るみはもう少し共同体的な広がりを持つように思えた。とはいえ、ごくごく親密でないと分かりえないとも思った。それでトキロさんには知らせず、玲にだけ教えたのだと後からわかった。

「ホラーって、少しわからなみがないといけないもんね」と言ったら、玲は鼻血で答えた。ちょっと久しぶりで感動した。

世界には、僅《わず》か微《かす》かな、わずかすの真理があちこちに半ば埋まって、反応する人を待つ。反応できる人たちは、僅かしかいないが、それも微かにだが、わずかすな喜びが、どこかに、ある。そしてここに、鼻血を止めたての玲が、わずかすに揺れ得れに頷《うなず》いている。

灰茶色でだだ降りの蔦々《つたつた》、蔓々《つるつる》、なんという植物か知らないが、細い無数の柳の枝のようなのが上からびっしりと、荒く編まれた幕のように下がってきていて、二階建て壁モルタルの汚い建物を汚いレースが覆《おお》っている。窓のところでは浮いた蔓蔦《つるつた》が外側カーテンになっている。蔓蔦の本元は薄青い瓦屋根の下の所に太い幹のようなものが見えていて、地面へ向けてうねりながら、窓を避け壁を伝《つた》っている。少しだけ葉もあるが、どれも枯れてしぼしぼで、それらを伴う灰茶色の蔓蔦枝の組み込み感が恐ろしいほど、やみくもに闇組《やみく》みだ。

纏《まと》っている主は廃屋と思う。半古《ハンブル》を超えて全古《ゼンブル》に近い、ただ、完古《カンブル》というほどではなくて、八割古《ハチワリフル》くらいか、残りの二割をこれから長い時間かけて消費してゆく、おとかさ、周りの時間に遅れながら安らかに沈みゆく感じがあった。まさか人はいない。これこそなつかしホラーにふさわしいと、まず外観から何方向も撮影して、トキロさんに送付。

すぐ「いいね」の返信が来たので、狭い庭に立ち入った。ブロック塀の囲む正面、門口が左右に立つ柱だけで戸もなく、すっかり開いて封鎖《ふうさ》の印もないのですぐ入れたが、しゃくしゃくしゃくと枯草枯葉《かれくさかれは》に足許から責められた。来たな来たな来たなくるくる来るると囁かれて、土踏《つちふ》まずのあたりに硬い痛みのような徴《きざし》が透《とお》ってきた。

膝まで侵《おか》されないよう、早足で爪先立ち、かと思うと家と入口の半ばでちんと立って、仰ぐ蔓網目《つるあみめ》に包まれた築四十年以上のかげかげしたふるぶるの、あちこちと土落ちの、黒汚れが大主《おおぬし》となって表面を差配《さはい》する、泥埃《どろほこり》で曇ったガラス窓の裏には段ボール箱や巻いたカーペットらしいものがいっぱいで中も覗けない。ほとんどが土色だ。角度を変えては、くいつもいつくも撮影の後、ここにクウはあるな、確かにクウ棲みの、しかもうるうるとソウが育つ、影の中でも思餌《おもじ》らしい、思う人は食いつかれそうな深みがある。

ややソウの濃さが過ぎて気は鬱《うつ》すが、これなら中も確かめたいと願った。

表の扉が閉じて、押しても引いても無理なので、どこか隙はないか、右方向から裏へ回ると、ブロック塀と家との三十センチくらいの隙間の、ここにも蔦《つた》下がる中、覗き見た側から五メートルほど先のところ胸くらいの高さに、ベニヤ板らしいもので中から蓋をした約五十センチ四方のガラス戸の嵌《は》ってない窓があって、もとは換気か何かのためか、よくわからない壁中凹《かべなかへこ》み位置は、ものありげだったが、そこまで至る隙《すき》道《みち》幅三十センチなら身を横にして押し進んでいける。

家壁側《いえかべがわ》に向いて背のリュックは左手に持って後ろ、スマートフォンを掲げる右手を前に横身で蟹《かに》なりに数歩、蔓蔦敷《つるつたし》きの腹側は網越《あみこ》しでこすられ、背側の塀は高くてじんねり冷たくて、裏・表をざりざりブロックとモルタルに削られながら、不自由のあまり、なんとなく望む頭上は本日も青白《あおしろ》のかがる雲空《くもそら》で、ただしウーズは来ない。

　穴の位置に来るとスマートフォンは一旦リュックに収め、三十センチ幅に押されつつ、右手で黒茶色《くろちゃいろ》く窶《やつ》れたベニヤ板を押す。ほとんど抵抗なく内側へ倒れるので、身を九十度くねらせながら、蔦《つた》を分けて暗《くら》み埋《うず》まるクウ棲まいへ、頭から蝸牛《かたつむり》のようにうねり入った。

　床も壁も小ぬるく斑《はだら》に穴のあいた、床の端々の穴から突き刺すように雑草の伸び上がる廃屋の内だが、錆びたような赤茶色の薄明かりは曇った窓からくる。外からはわからないが蔓蔦《つるつた》は外光《がいこう》に赤みを絡《から》ませるのだろうか。絡むより混じるか、と思うと交《まじ》の形に蔦らは激しく交《かわ》し合っていたな、と朧《おぼろ》な暗さの赤がかったクウの空気が何かハーブのように気土《きど》めいている。気土めくとは少しだけ人間の体臭に近い有機性を持ちながら全体は岩と土の、ときに金属の、遥《はる》か高くただ垂直に立つような無表情な硬い香りだ。

　家具らしいものもなく畳もなくて板の床が破れて、足をとられそうなので気をつけながら、くるくると見まわして、その都度、撮影し、明るみが足りないのでフラッシュを焚いて送付し、これが内部でとコメントを、ここから向こうへ、あ。

　今日も変わらず空が青白だなと思ったのが始まりで、わずかすだな、先ないなあ、青みがかったソウはあるかなあ、でも白いなあ、先がないなあ、あずれない、やっぱり今も揺《ゆ》れ得《う》れ、とそんなことばかり考えていると、不意に、いったいどうしたのかわからないとわかった。分かり心が生じるとあとは早い。

　右左に見るマツモトキヨシもスターバックスもヘアカット・キューもセブンイレブンも、何度も見て通った場所でちょうど仲町通り南の端近くとすぐ察した。

　察したが分からないことは変わらない。分からな続きは平坦《へいたん》な道で、風景は多彩《たさい》に見えるが、平坦道の出発点が知れない。蔓網廃屋《つるあみはいおく》の中にいたはずだった。はずだった感が左肩に迫っていて、姿勢を崩し身がくねる。そうだ、くねって入った。蝸牛のように、そして、撮影していた、はずだった不審がまた左肩に重い。

五十歩くらい歩いて、砥廻駅《とまわり》から電車二駅、そしてアパートに帰った。

今日、見つけた蔓網廃屋は砥廻駅で降りて仲町通りの北の右手側にあって。そこでね、と、玲に話すと、

「やられちゃったね」

と言うので、そうかやられちゃったか、と答えて、「やられ」という槍《やり》のようなもので突かれた気になっていると、そのうち、やられがあられに思えてきて、パ行だけでなくてア行変換による世界緩《ゆる》ませ計画もいけるかと思ったが気の迷いだった。

既に受信記録のあるトキロさんに電話連絡してみると、こちらからメールで送ったコメントが「ここからむ」だけで、そのまま送付されていて、おかしいので通話でかけてみたが応答がなく、そのまま写真もこないので、どうしたか気になっていた、無事でよかったとのことだった。

「薬かなんかじゃない？」と玲がいうのだが、まだもう少し分かり心の水準に届かない。

だがわたしの分かり心は敏速《びんそく》で、「あの廃屋でやばい薬かなにかを吸って倒れていた」という推測を別宅として建てることができた。仮住まいの別宅だ。本宅はやっぱり分からない。霧が深い。広壮な本宅はきっと人知れない山奥の深い霧に隠れながらも傲然《ごうぜん》と佇《たたず》む。閉じ込められた人々の間で殺人事件も始まるだろう。そこまで察するとはさっとするりと思恥《おもは》じることかな、と横道に逸《そ》れそうになりながら、

「なんかわかんないガスがあそこに溜まってたとかかなあ」

「吸うだけで意識失う的な気体ってあんのかな」

「そんなんだったら警察くるかなあ」

そうすると自分も尋問《じんもん》されるのか、ジンモンとは本当に痒《かゆ》くなりそうな言葉だなあ、面倒だなあと思いつつ、あ、不法侵入だ自分、と思いあたって、さらに割増《わりま》し面倒になりそうだった。

「でも気が付いたら外にいたし」

「まいっか」

「まいっか」

スマートフォンに記録された写真を見直してみた。

影深い中に小《こ》汚《よご》れ大《おお》汚《よご》れの斑《はだら》になった壁、天井板、床の破れ、そこまでは記憶のとおりだったが、壁にゆるぐるしい薄い人影のようなものは何だろうか。フラッシュを焚かれる側だから自分の影ではない。

憶えがないが、いくつか人影と思えばそうも思えるものが写っていた。かげかげした場所なのだから当然だ。だが誰かに会ったのだろうか、たとえば以前からそこに住んでいた、不《ふ》法《ほう》占《せん》拠《きょ》者《しゃ》などがいたのではないか。存分にクウに満たされたそこで、雑草のようにソウを育てていたのではないのか。あ、あそこは誰かが秘密にソウ栽培をしていて、知らずに入ると濃密なソウ気によって気絶。

だが憶えがない。

すると「ときパス」と玲が言った。過ぎる時間をしばらくパスすること。なかったと同じになってしまう短い時間。人の一日にはそういう隙間《すきま》時《じ》間《かん》がいくつかあって、そうか、ときパスだったのか。

じゃあ仕方がないね、で終わるはずだったが、はずだったただが、ハズ心は狭い一室の壁にあたってばんぼん弾む。だが、だがんだが、出口がなくて、いつまでも弾み続けている。

そして、わかったのだ、わたしは半分なくなっていた。見たところ違わないようだが、少し話すと薄い。意志の遣《や》りの量がやや減っている。半分に。遣られたから。

「薄くない？」

「薄い」

玲も言うので、きっとわたしは薄い。

「置いて来たみたい」

「取りに行く？」

「ななめに」

「斜めに？」

「斜めになって見える」

ものが少しだけ斜めに見える、気がする、気がするのだからコロジツだ。薄心《うすごころ》だってコロジツだ。なのだが、気がするをやめられなくて、

「やっぱり取りに行こうかな」

でもその日は薄い気持ち過ぎて、言葉《ことば》捕《とら》えもせず寝た。

次の日、起きると、玲が言った。

「わたしも行ってきた」

蔓網廃屋へ？

「そう」

どうだった？

「正面の扉から入れたよ」

「おかしいな。鍵かかってなかった？　昨日は裏の窓からしか入れなかったのに」

「でも入れた。中は写真のとおりだった」

どうしてそんな？

「明《めい》の残りを拾ってこようと思ったんだけど」

玲は白い顔を向けた。

「でも、見つからなくて」

薄青《うすあお》い丸い石をポケットから出した。

「これが床に落ちてた」

直径五センチくらいで少しいびつだがだいたい丸い。隙覆《すきおお》った感じの青さだが白い部分が多くて全体が淡い空色に雲が絡まっているようで、ああ、空だ、空を拾ったね、と言うと、玲は揺《ゆ》る揺《ゆ》れにふっと息を吐いた。

「わたしも半分なくした」

石の代わりに？　違うと思う。と玲は言い、それは薄香《うすかお》りのただめく通用《つうよう》で、それだけではなかった。と続けた。つづけ、た。

「でもいいや、明と半分ずつ、一緒にひっついて、二人で一人ってなるかなって思ったんだけど」

あ、それいい考えだね、あれ？　思餌《おもじ》ぎみだね。違うの？

「置いて来たのが明と同じ側なの」

わたしたちは、どちらも左半分ずつなのだ。二人で合わさることができない。

「他にも半分しかない人たち、いるのかなあ」

「わたしたち左側人間だけど、右側人間もいるのかなあ」

見かけは同じだけど。取られた半分はあの廃屋で育ったソウによって補われている。だから見かけは左右両方あるように見えるけれども、わたしたちは本当は半分なのだ。

その日も玲は鼻血を出した。左側だから普段通りだった。

空色石《そらいろいし》はわたしたちの右側の記憶の代わりということにした。わたしたちの記憶の半分がこれで、このくらいの重さでこのくらいの淡さで、ソウに磨《みが》かれて大方丸い。でも魔類《まるい》だから、きっと、マ行使いのトキロさんならここから埃暗《ほこりくら》い、おのもの深いソウを育てるだろう。でもそのときわたしたちの記憶は損なわれてしまうから、この石はマ行使いにわたしてはならない。

そして、だが足りない。濃《こ》さみが足りない。半分でなく全分《ぜんぶん》である頃にあった黒々した濃い心が足りなくなった。だから、わたしたちは、わたしと玲が100パーセントだった頃の記憶として、床の血の太陽（のイミテーション）をこれからも必要としている。

夜の言葉採《ことばと》りとともに、毎朝、床にある赤茶色い丸に顔を向けることが習慣になった。

「三種の神器っていうくらいだから、太陽と石ともうひとつ何か揃うといいことがあるかも」

と玲が言った。ので伝えた。

「もうひとつはターパじゃないかな」

「そっか」

ここにはないけれども、少し先の六畳空き地《ろくじょうあき ち》の草中《くさなか》に、わたしたちの三種の神器のひとつが半ば埋まっている。誰も拾わないから空き地のままならずっとある。でもいつかごみとして処理されるかもしれないいから、取りに行こうかな、と言ったら、ターパには所有が似合わないと玲は言った。

三つ揃うことはない。

ふわりみが増えたと玲が言う。

「ゆらみもあるな」

と玲が言う。

「ひらりみはどう？」と問うと、

「そんなに速軽《はやかる》じゃない」と答えた。

軽さには遅くて緩い軽さと速くて鋭い軽さがあって、ふわりみとゆらみは遅軽《おそかる》でひらりみは速軽《はやかる》だ。質が違うのだと玲は言った。

「半分だからどっちしても軽いけど」

でも、尖っていたり集中して素早く突いたりはできないのだ。

今の暮らしにはそんなに不利ではないかなと思ったが、けれども、今より多く得ることはなくなるだろう。そのうち二分の一が四分の一に八分の一になっていくかも知れないね。

半分、その半分、その半分、と減っていくとしても、ゼロにはならない。それが意識だと言ってみると、でも意識の大きさは計れないとも思った。クウ豊かな場ならソウが補うし。

ただしゴロジツは、ゴロジツに触れる接触面は確実に減るね。コロジツで補うね。

いつか塵くらいの意識が中にあって、あとは膨大《ぼうだい》なコロジツに包まれた雪の結晶みたいな晶実人間《しょうじつにんげん》ができあがる。

生きているかどうかもうはっきりしないけど、でもガイはほとんどないから、内にも外にも無害の人になる。なるといいね。

でも。

半分になってわかった。

近い。近いんじゃないかな。来るの。

びろんげが怖い。

そんな話をした。

「意識は何かに向いているときだけ意識なので、人といないとき、誰かのことを考えていないときあなたという意識はない」

と店長は言った。

玲の勤める古書店の店長は求めればコロジツの奥向《おくむ》こうにかかわる話をしてくれる。

「それから、ゲームをする。本を読む。仕事をする。何かにかかりきっているとき、あなたはいない。そこには強く対象に向かう意識はあるけれども、それはあなたである必然性がなくて、誰かであればいいですね。あなたという自意識からは離れて動くことができる。多くのひとは、自意識を意識していないときを幸せと思いがち。自意識はつらいから」

山に登りたがる人の話を思い出した。人と人の間にいると何かがしぼんでしまうので、自分は、山の中に一人だけになりに行くと伝えていた。一人でいたところで、普段の人間関係を思い出していたら同じだろうけれども、それとは別の、山に向かう意識、山の中で死なないよう配慮する意識は、対人関係の自意識とは少し違う層にあって、そうだやっぱりソウ、ソウ、ソウがそこに始まるのだ。

店長はこうも言った。

「言葉があるから自意識もある」

そして言葉が自意識を決める。ジーシキとゴロジツという言葉が争いつつゴロジツとセツジツを生み、クウを求め、ソウとガイと、そしてクロガマリを見定める。

古い本が並び静かに埃のつもる店内には今日もクロガマリがほぼない。入口から少し吹き込んでくるかもしれない。だが玲の言ったとおり、ここには知と埃しかない。吹き上がり埃は猛毒と玲はまたも言うが、どれだけ毒でも玲はこの場を離れないだろう。

店長は四十前ぐらいの背の高い女性でドイツの大学で学位を取ったと玲から聞いた。日本文学にも詳しいと玲は言った。何についてもはっきりした態度は、規矩《きく》正しい、という言葉が似合う。だが買い取りのときは容赦なくて、五十冊持って来た人が三百円受け取って帰って行ったと玲から聞いた。それでもよいと決めたのは持って来た当人だから仕方ないと玲は言った。しばらくして、そのとき買い取られたという中の一冊が五千円で売られていた。アマゾンマーケットプレイスでは一万以上している本だった。

「本の価値って」

「僅《きん》・禁《きん》は高い」僅かしかない、発禁かそれに準じるもの。という意味。

「キキメが高い」キキメは全集や揃いものの中で一冊だけ部数が少なかったり流通し

にくかったり早めに断裁《だんさい》されたりして手に入りにくいものを言う。その一冊が貴重なものだから、よく見かける巻は数百円なのに全巻揃ったとき数万円、キキメだけでも何万円、ということがある。そこに全然違う価値体系があることが別《べつ》キングダムだ。

見ただけでは知れない価値ということは書物に当然のクウ性だが、古本の価格が、需給《じゆきゆう》で価格の決まる経済というゴロジツと、貴重か否かを決定する根源にあるコロジツとの接点にあると考えると、ここにクロガマリが少なくソウの叢生《そうせい》が恣《ほしいまま》なのもよく納得される。季節では夏好きのわたしたちはそれを夏得《なつとく》と呼んでありがたがる。

容赦なく安く買い叩いて、できる限りぼったくり価格で売って、杜梨霧書店が長く存続することを願っている。

「三島由紀夫が書いてた。少年というものは独楽《こま》なのだ」

そう店長は言った。少女でもいいですか。「三島由紀夫なら大反対するね、きっと。でもわたし的にはいいよ」と言った後、店長はすぐ近くにあった本を開いて続けた。

「廻らない独楽は死んだ独楽だ。ぶざまに寝ているのがいやなら、どうしても廻らなければならない。

しかし独楽は、巧く行けば、澄《す》む。独楽が澄んだときほど、物事が怖ろしい正確さに達するときはない。いずれ又惰力《だりょく》を失って傾いて転んで、廻転をやめることはわかっているが、澄んでいるあいだの独楽には、何か不気味な能力が具わっている。それはほとんど全能でありながら、自分の姿を完全に隠してしまって見せないのである。それはもはや独楽ではなくて、何か透明な兇器に似たものになっている。しかも独楽自身はそれに気づかずに、軽やかに歌っているのである」（三島由紀夫）

正確な何かに触れるとき、人は、自分が何か、知らない。自分が何かわからないとき、真《しん》が見える。でもそれは自分ではないから自分の経験として記憶されない。

そう店長は言った。

統合失調《とうごうしっちょう》の人が、いつもは薬を飲んで社会生活を可能にしているが、ときに薬を飲まず、いきなり始まる幻聴や自己の中に棲む他者の意志によって最も病んだ果てに辿り着いた時、ほんの僅かの間、世界が怖いように澄み渡って見えることがある、と言った、という話を思い出した。そこは人が居られない岩のような氷のような真実の視界なのだ。岩のような真実はイワジツ、氷のような真実の世界はコオジツ。見たことがないが、きっと生きていられないほど峻烈《しゅんれつ》なのだ。

見もしない、わかりもしない話なのに、店長からはこうしていつも、岩と氷の予感をもらう。予感だから今ここにない。けれども、じっと背にあたる切れ目がわかる。よどよどとうるめかしく続く時間が突然切れて、惰性《だせい》とははっきりと切断された異貌《いぼう》の威貌《いぼう》の畏貌《いぼう》の世界が見渡せる、経験もないのにわかるのは経験しても記憶できないからである。

店を閉じる時間になって玲と帰る。そのときも、背には時間の切れ目、トキレの冷たさがありありと続いた。

歩きながら、ゆらみだ。わたしもゆらみにほののかされている。玲はふわりみに得《う》れ揺《ゆ》れている。一歩が千の意望《いぼう》の、異貌の神の浮き立ちをなぞる。少しずつ身が薄れるのは、今、ガマリ多いここではソウが足りないからだ。わたしたちは本当は半分だからだ。

改札を通る、駅ホームに立つ、そのときも、細かい律動《りつどう》のもとにある。わたしと玲とではリズムが異なる。のでそれぞれに、空々《そらぞら》に身の内から揺れている。たまに拍《はく》が一致する。だが続く間の長さが僅かに違うのですぐに離れてゆく。異なるリズムのそれぞれに戻る。またたまに間が合う。ああ、魔《ま》だ、魔が来た、魔が魅《み》が。マ行使いの極意は、拍と拍とのあいだにあったのだ。

突然、リズムがともに乱れた。わたしたちを無理やり、押しのけた人がいる。ゆらみふわりみの過剰《かじよう》なわたしたちは容易《たやす》くよろけ、線路に落ちそうになった。イキソメながら眼を向けた。そこに斬《き》れ剝《む》けたものがどぼり出ていた。

押してきたのは二十から三十くらいの間だろう年齢の湧《わ》き立ち上がるような大顔《おおがお》の、短い髪の硬い突き強い、猫背だが丈の高い、腹の野太い、黒いズボンに、脇に白線のある赤黒いジャージ様《よう》の上着を着た男性で、人の込んでいない場を通るだけなのになぜわざわざわたしたちを押したのかわからない。

だが、その表情が、極《ごく》だった。極、獄《ごく》、谷《ごく》、と、きわまる重みの、地の底まで突きにじろうとする憎み、下《お》ろしみ、が、剝きだした黄色い歯と顔面一面《がんめんいちめん》の肉深《にくふか》で、そして不可肉《ふかにく》で、不可知なのに見る見るわかる。ここにいることの憎み、怒りみの深さが、何をしても峻拒《しゆんきよ》の際《きわ》に立つ、傲然《ごうぜん》と切れ上がる、鉄の研《と》ぎより切り裂け望みの、何でもよかったのだ、たまたま前にほののかとゆらゆらしている軽い奴らを線路に叩き落として、じきにやってくる重い車輪で思い切り斬り潰される様を見ようとも思ったのだ。

理由などわかる必要もない。クロガマリよりも執念《しゅうね》い、突く押し太い、最重《さいじゅう》のゴロジツが、いきなり、パ行やマ行や摩耗の膜《まく》を引き裂いて、刻《こく》深く酷《こく》深い顔を見せつけ押しつけてきたのだ。

男は背を揺らしながら行ってしまった。思うようには落とせなかったが、といってこれ以上の落とし事を繰り返すと警察沙汰になる。このままならたまたま、で済む、と安債《あんざい》しているのだろう。

玲もわたしも、瞬間覗き見たゴロジツの凶暴さに、そっと立ちあがるほかできないでいた。

続いてやってきた電車の扉がひどく大人しく開いたので、乗り込んで、三つ先の峠《たお》毬《まり》駅で降りた。

「さっきは、ひらりみが使えた」

玲が言った。使うものなのか、知らないが、ともかくふわりみとゆらみだけでは対応できない素早さが偶然かわからないまま発動したのでこう言おう。

それは、自分たちだけでは難しいので、ターパが守ってくれたのかな、と玲に言った。

ところが峠毬駅改札を出ると、保《たも》ちきれない予感が生《は》えていた。

「はやく」

と玲が急がせるので、駅前通りを速足《はやあし》で駆けた。今度こそひらりみを身に帯びた気がした。

「ごわごわしてる」

と玲が言った。

それは大音響だったけれど、意味は知れず、何しろ大音響で、石炭のように重く黒かった。粉状《こなじょう》にもなるだろう。だが、その前に重さで潰《つぶ》されるかもしれない。口を開けば巨大音の黒重《くろおも》いガイ性の極《ごく》がここにも、こんな場所にも、昇り上がる煙のように、なのに重く固く、ぶつかれば怪我をしそうなガイ極《ごく》だった。

髪を綺麗に分けたブルーの背広の人が拡声器を使って口からごわあああっとガイ極《ごく》を吐いていた。多くの色とりどりの人たちが取り巻いて、おーわおーわとうるし挙《あ》げていた。

捕まるとべったり塗りつけられるから、顔にも手にも、と玲は厭そうに言った。

以前、落とすのに何日もかかった、とも言った。

「よかった逃げられて」

街中にも危《あぶ》なみは並々《なみなみ》と波々《なみなみ》と皆満《みなみ》ちている。波乗りのようにバランスを取ってよけて避けて、割《わ》れて砕《くだ》けて避《さ》けて散る間《かも》を辿らねばならないことがある。非常事態だったねとわたしは言った。

あれはクロガマリとも質の違うダークマターで、僅かでもクウを見つけると隅々まで真っ黒な物質で満たしてしまう。そんな凶暴なガイ極《ごく》であった。

この日は電車に乗る前も降りてからも大冒険だったねと話した。

帰ってからしばらく、身が硬くなってわたしたちは「ぎこぎこ」と話した。

「ぎこぎこ」

「ぎぎぎ」

「ぎこ」

「ぎぎこ」

「こ」

と話している内に、ようやくやわらみが返って来たので、順番にシャワーを浴びて、ベッドでものくりものくり言いながら転がった。

「ねこが」

と玲が言った。そうだ忘れていた。パ行どころか摩耗使いにさえ癒せないガイ汚染にはケモノ語りが効く。映像があればさらによい。ネットには激カワ動画が溢れている。

それは皆が魂を削られているから。とわたしが言うと玲は「安易な意見だけど賛成します」と答えて「タマケズリくると怖いし」と言った。

いつくもいくもつ、マークしてあるサイトでころころする猫動画、ひょんひょんする犬動画、とことこするペンギン動画、ふくらふくらする兎動画を続けて見た。

「ふくふく」

「ほくほく」

と言いながら、腹腔《ふくくう》を開いた。

瞳孔《どうこう》が開く。脳内《のうない》が開く。あたまパッカーン、というギャグがあったけど。でもちょっと違うよね。パッカーンよりはハッハーンかな。アッハーンだとまた違うしね。

「ゆらいだ」

「ゆるいだ」

そうしてまた、たまくりたまくり言いながら寝た。


「くまらりで」

「おもそりで」

そんな言いぐさも狭間《さま》れては、もうわたしたちに逃げようがない気がした朝、やはり青い記憶がこちらへこちらへ手を引いて、バス。

「そう、バス」

「遠距離バス」

先日見かけた大きいバスは東北の街へ向けて一夜駆け続ける深夜バスで、乗り込んでしまうと運ばれてゆくのだ。遠くへ。玲は、遠くへ、と言うとき、淡色《あわいろ》の音調《おんちよう》を恩寵《おんちよう》のように向きかける。とーくえー。わたしは真似る。すると薄桃色《うすももいろ》の玲の言葉が薄《うす》青色《あおいろ》の遠くへ広がってゆく、夜景《やけい》にまたたく街の光の、たままく、遠のく、ひとつひとつに魂のたままく、暮らしみのほのゆく、人はそれもり犬もいるだろう猫も兎も、むくむくと隠されて、街中を過ぎれば、山木《やまぎ》の川水《かわみず》の暗み溢れる一軒家も三軒家も一本道五本道、鉄塔《てつとう》、鉄橋《てつきよう》、水門《すいもん》、山脈《さんみやく》、田畑、花々、猫々、犬々、遠のく、見捨てて、バスは記憶のように見捨ててゆくね。記憶。

記憶、きおく、気置《きお》くのはどこへ、でもそれはほののかくないね。細部が気難しい顔で烈々《れつれつ》と並ぶ、そんな細密な銅版画のような、きりっと厳しい心の記録であってほしい。

わたしたちは深夜バスに乗って、とーくえー、記憶を見捨てに行きたい。

「ありたきりで」

「ありたまえの」

誰もが、心を棚《たな》に置いておくための、小さくて凡凡《ぼんぼん》した、怖い人から責められても言い訳さえできない、小さな心置《こころお》きが夜の遠出《とおで》だ。それができなくてもソウが添う。想《そう》が思《おも》わく。宗《そう》、おもへらく。夜のバス旅の想像がひとときわたしたちの日々の。運ばれてゆく、ということ、自分がではなくて、誰かに移動させられてゆくということ、もうないだろうか、もうない。もーない、盲綯《もうな》いの気ふらしで、いきなり、「人が本当に目を覚ますのは死ぬ一瞬だけ」と告げ割《わ》れた。

気づけば夢だった。

夢だったよ、遠くへ行く夢を見た。と玲に告げた。それは魂急《たまいそ》ぐ知らせ。

魂急ぐ日がある。

「出よう」

とわたしは言う。魂急ぐ。

玲と外出しよう。外には、そと、そっと、そーと、添うと、相当、装問《そうと》う。なにを着ていこうか。

「ふむらに」

「なまくに」

そのうちに、仰向いて玲が言う。

「来るよ来る」

来る。わたしたちを運んでくれるものがいないので、わたしたちはわたしたちを運ぶ。とことこと、牛が売られてゆくように、自分を売りに、わたしたちは、来ないうちに外へ出る。外《と》にも来る。だから遠くへ、それは遠そう、逃走《とうそう》、だから通そう、わたしたちの記憶を捨てに、わたしたちはわたしたちでなくなるために、来る前に、遠そう。

白いワンピースを着て走れば、今日は青くない空も、思い出すだろう、かつてウーズの、渦雲同盟《うずくもどうめい》に迎え入れられたこと。でもそう言えば玲はまだ加入していなかったけれども、でも衣服の白さはともどもに問いかけるはずだ、青はともどもにウーズの呼びかけを聞け。

もうどこを見てもさんざんに食い荒らされている。来るから。すぐそばまで来ている。「来る」にパ行は効かない。プル、とやればいいじゃない、と玲は言うけれども、もうそれでは来るのではない。来ることがわかりながらプルプルできれば助かるのに。でも違う。マ行ではもっといけない。ムルって何だろう。そろそろだと思っていた。わたしたちも切れ切れの意識を互いに向けることで二人でいたはずだ。そしてハズダが弾《はず》む。

脇を見据える玲の眼が動かない。見てしまった。行こう、でも見てしまったね。

「やっぱり来ないよ」とわざと心安めにわざと玲が。

そう言われてもわたしにはハズダが弾む。

「でもいる」

近いと困る。ともどもにゆくれ広いから、齢《よわい》若く遅《おく》れ送《おく》れて、

「今来ている」と言い直すと、白く四《し》六《ろく》、尚《なお》、すと、空色石《そらいろいし》は思い出されよ。白と青と、血の太陽とターパを思い出させよ。三物を三方に置いたと思え。三方陣をこころにここに、でも玲、歩みを止めてはだめ。

四つ輪転《わ》がる者たちが脇をゆく。そんなに見ていても行ってしまう。滴合《しずく》わせの天令《てんれい》がわたしたちにふりかかる。ほの少し、踏みすくし、やや濡れて、じーむじーむと敷《し》き道に唸《うな》りを命《めい》じる。

とうとう立ち止まってわたしたちは、滴思《しずく》いの眼を天向《てんむ》こうに囚《とら》われて、互いの面《おも》向《む》きも透《とお》すばかりでいる。二人いれば意識は始まる。傍《かたわら》にいてしまうわたしの背の彼方に玲の魂急《たまいそ》ぎが呼びかけている。

天令《てんれい》は少し勢いを増した。白いワンピースが肩から濡れる。髪が置きなぶいて設楽《したら》騒ぐ。二人いれば。

「そこ」と指させば、生えてくる、底が天を踏み返して、雲はかがり生える。育てれば渦を。二人で。

雪落《ゆきお》ち、海縋《うみすが》る浜の心待ちを、きっと今、夜行バスに運ばれたわたしたちが北の来たの、静かな青い湖の湖面に届く天令の響きを聴こうと、来る、そして行く。わたしたちが。手を握り、眼を閉じて、静かに聴く、遠くの。

そこ、と指さすと、とうとう、びろんげが飛び出てきている。路地から、僅か開いた扉から窓から、ごみ箱からマンホールから、びろんげが出る。避けて、脇道へ、玲とともに行く。

遠くへ行けない。びろんげが阻《はば》む。こちらにも出る。そちらへ迂回《うかい》する。天から、地から、阻《はば》み者たちが一斉《いっせい》に来る。来る。どこへ、どこへ、玲、捕まってはいけないよ。逃げ場も減った。でも行こう、もうほとんど身の力はない。

だから始まりだ、玲《れい》、明《めい》。

わたしたちは道の真中に並んで立ち、異なる拍をできるだけ合わせて、言葉を尽くす。言葉だけがわたしたちの意識だから、言葉だけを向ける。

「ほののく、たばす、おおいの、くろむり、底急《そこいそ》ぎ」

「ちまさかる、あおいまな、うるめかせ、あさまかり、たまめく」

「すもりうる、白巻《しらまき》の、渦《うず》みかわされ、こもめく」

「さんざんと、はまりすて、日暮らさせ、物怖《ものこわ》く、面端《おもは》かく、得《う》れ揺《ゆ》る、揺《ゆ》れ得《う》る」

「時放たれて、しもろとからせ、疾《と》く、尖《とが》りく、咎《とが》りまさく、冬河《とうが》さままされ、いかならむ、うきならむ」

「たまりく、たまりく、つがら多かり、忌《い》む理《り》あらませ、錘《おもり》かまらせ」

「とと巻《まき》の、昏々《こんこん》と、百合合《ゆりあ》わせ、面赤《おもあか》く、白面《しろおも》く、ほたほたと、埋まりおおのき、ほとり澄みおかれ」

「ほとり澄みおかれ、おかれ、多かれ、多からせ、多からませ、ほとり」

「ほとり」

初出

愛らしい未来――「スピン／spin」第八号掲載を大幅に加筆修正
夢の通路――書き下ろし
れいめい――書き下ろし

高原英理（たかはら・えいり）

一九五九年生まれ。立教大学文学部日本文学科卒業。東京工業大学大学院社会理工学研究科博士後期課程修了（価値システム専攻）。博士（学術）。一九八五年第一回幻想文学新人賞受賞。一九九六年第三九回群像新人文学賞評論部門優秀作受賞。主要著書に『少女領域』『エイリア奇譚集』『高原英理恐怖譚集成』（以上、国書刊行会）、『無垢の力――〈少年〉表象文学論』『ゴシックハート』『不機嫌な姫とブルックナー団』（以上、講談社／『ゴシックハート』は後にちくま文庫として再刊）、『ゴシックスピリット』（朝日新聞社）、『神野悪五郎只今退散仕る』（毎日新聞出版）、『うさと私』『観念結晶大系』（以上、書肆侃侃房）、『怪談生活』『歌人紫宮透の短くはるかな生涯』（以上、立東舎）、『日々のきのこ』『詩歌探偵フラヌール』『祝福』（以上、河出書房新社）がある。編著に『書物の王国6　鉱物』（国書刊行会）、『リテラリーゴシック・イン・ジャパン』『ファイン／キュート』（以上、筑摩書房）、『ガール・イン・ザ・ダーク』『深淵と浮遊』（以上、講談社）、『少年愛文学選』（平凡社）、『川端康成異相短篇集』（中央公論新社）。

愛《あい》らしい未来《みらい》

２０２４年１１月２０日　初版印刷
２０２４年１１月３０日　初版発行

著　者●高原英理
発行者●小野寺優
発行所●株式会社河出書房新社
〒１６２-８５４４　東京都新宿区東五軒町２-１３
電話　０３-３４０４-１２０１［営業］
　　　０３-３４０４-８６１１［編集］
https://www.kawade.co.jp/
組　版●KAWADE DTP WORKS
印　刷●モリモト印刷株式会社
製　本●大口製本印刷株式会社

Printed in Japan　ISBN978-4-309-03926-8

河出書房新社　高原英理の本

日々のきのこ

「まるまるとした茶色いものたちが一面に出ていて、季節だなと思う。どれもきのこである」
——奇才が贈る新たなる「きのこ文学」の傑作、誕生。

詩歌探偵フラヌール

「フラヌールしよう」メリが言う。そして僕たちはゆるやかに街へ飛び出す
——メリとジュンに導かれながら詩歌溢れる日常（小宇宙）を巡る連作小説。

祝福

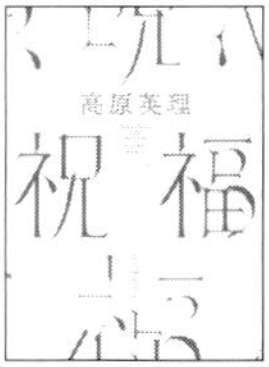

「呪なのか祝なのかもわからない言葉が今しばらくはこの世に残されている」
——渡辺祐真氏推薦。「言葉」に呼び出され、結ぼれ合う9つの物語。